U0133401

"极光"世界华文散文丛书

袁勇麟　主编

梦如人生

〔美国〕

陈瑞琳

著

海峡出版发行集团 | 海峡文艺出版社

图书在版编目(CIP)数据

梦如人生/(美国)陈瑞琳著. 一福州:海峡文艺出版社,2023.12

("极光"世界华文散文丛书/袁勇麟主编)

ISBN 978-7-5550-3506-0

Ⅰ.①梦⋯ Ⅱ.①陈⋯ Ⅲ.①散文集－美国－现代 Ⅳ.①I712.65

中国国家版本馆 CIP 数据核字(2023)第 218933 号

梦如人生

[美国]陈瑞琳	著	
出 版 人	林　滨	
责任编辑	陈　婧	
出版发行	海峡文艺出版社	
经　　销	福建新华发行(集团)有限责任公司	
社　　址	福州市东水路 76 号 14 层	
发 行 部	0591－87536797	
印　　刷	福州德安彩色印刷有限公司	
厂　　址	福州市金山工业区浦上标准厂房 B 区 42 幢	
开　　本	889 毫米×1194 毫米　1/32	
字　　数	160 千字	
印　　张	11	
版　　次	2023 年 12 月第 1 版	
印　　次	2023 年 12 月第 1 次印刷	
书　　号	ISBN 978-7-5550-3506-0	
定　　价	68.00 元	

如发现印装质量问题,请寄承印厂调换

总　　序

　　中国是个有着悠久散文传统的国度。作为一个文类，散文在中国文学中占有不可替代的位置。20世纪以来，尤其是第二次世界大战结束以后，欧美传统散文日趋衰落，难以为继，而当代华文散文却长盛不衰。无论是在中国大陆、台港澳，还是在海外，华文散文的创作都非常壮观，形成多元发展、共生互补的繁荣鼎盛的整体格局，堪称世界文学中一个独特的人文景观。

　　中国大陆、台港澳以及海外的华文散文，同属于中国文学的延伸。当代华文散文的发展，离不开历史悠久、传统深厚、成果丰硕的古代散文和日新月异、生动活泼、异彩纷呈的现代散文的滋养。正是在共同的民族文化精神和文学传统的基础上，不同区域的华文散文相互融合，博采众长，创造了在世界文学中一枝独秀的非凡业绩。

中国人移居海外已有悠久的历史，足迹遍布地球的每一个角落。他们不仅带去了中华民族的物质文明，也把灿烂辉煌的中华文化传播到世界各地。华文散文创作，也令人大有"天涯何处无芳草"之感，构成了世界华文文学中一道非常壮观的风景线。潘旭澜教授认为："在世界各地的华人中，散文一向受到充分重视。有很多文化人，将散文作为主要的艺术追求乃至毕生事业。不少学者、诗人、小说家、戏剧家，在各自的领域可以有更大作为之时，也将大量心血与灵性付诸散文。散文作者中，不少人学贯中西，有很高文化涵养，富有创造力。""社会、政治、经济、文化、教育、宗教、地理、风习的不同，文学的历程和处境各殊，造成了散文的丰富斑斓、情调迥异。"华文散文是在中国文学的母体中孕育诞生的，同时又是在不同的社会背景、生活环境、文学土壤中发育成长的，这就使得它们既具有与中国文学一脉相承的血缘关系，相同或相近的语言形态，隐含在语言之中的民族性格、心理、情感、思维方式，以及浮现于语言之上的道德规范、价值取向、人格理想、生活态度、审美观照，又呈现出与中国文学迥然不同的多姿多彩的独特风貌。

我与华文散文的渊源从何时结下的，连我自己都说不清楚。有时一个人凝视着满橱满架的华文书籍，有一种莫名的安定和亲近，好像感觉到如散文家钟怡雯所说的"与书神游"的状态："我通过文字开启深邃宽广的知识世界，同时释放囚在坛子里的书魂。"我能感受到藏在这些华文书籍中的魂魄精灵，那些浮游的心灵，孤独或者喧闹，平静或者焦虑，近在咫尺的呢喃低语，嘈嘈切切的此起彼伏，有种温暖和充实的满足。尤其是散文那种突显自由心性、传达主观体验的文类特征和从容自如、潇洒流利的文体特点，深深吸引着我。也许是缘于对个体精神和生命体验真实态度的偏爱，我逐渐将目光关注到华文散文上。当代世界华文散文有着显卓的成就，前有古人，后有来者，这条文学之途从未荒芜过，因为文人朝圣的心灵未曾干涸，正是这份心灵，一直以来感动着我，在最柔软的心房。

"海外"是一种状态，一种生存状态、生命状态和写作状态。世界各地都有华人的身影，他们有早期因灾荒战乱而离乡背井的艰难探索者，也有后来因求学交流而远涉重洋的孤零漂泊者。他们的故事或许不同，如一曲高低错落的多声部混杂交响乐章，但这其中一定有着一个主旋律，那就是身为华人的烙印——这个深入骨髓的印痕，总在异国他乡落叶纷飞、黄昏幕帐徐徐落下的时候，引发灵魂深处的悸动，于是他们用文字缓缓书写"人类的精神家园"（曾心）。我很难形容那是一种怎样的刻骨铭心，也许真的如彦火说的是以血代墨，"文学家所走的路，是殷红色，不是铺满蔷薇，而是像蔷薇一样的鲜灿的血——那是文学家淌血的路"。我只是在阅读的时候，在与那些文字相遇的时刻，感受到自己心灵深处的撞击，一声声，敲打着我，让我不由自主地走进这片迷园，聆听那番心声。

感谢海峡文艺出版社林滨社长邀请我主编"极光"世界华文散文丛书。华文散文因为它特殊的身份而具有某种程度上的疏离，于是也具有了更自由更任性的文学言说，它是在灵魂深处"与宇宙对话"（林湄），"可以让自己自由自在地飞翔"（朵拉），因此，"造就了独特的张力和自由思考的空间"（陈瑞琳）。正是这种言说，为我们提供了另一种风景，这道风景，永远具有独具一格的文学魅力，在人类的精神天宇之极烁烁闪光。

袁勇麟

2023 年 10 月 19 日于福州

我的"草原"（代序）

　　我真正开始创作，应该是源于出国以后的冲动。

　　想起20世纪的1992年，经历了冬雪解冻，春江乍暖，随着那些骚动的鸿雁，凌越了国门，朝着未知的海岸线飞去。二十多年过去，历尽漂泊的风雨，激情退去，反思慨然，家国的远离伴随的却是生命移植的丰沛，异域的蹉叹却化作了一篇篇不老的汉字。

　　在这野火烧不尽的草原上，先是有几声孤啼在空山峡谷中乍然回响，渐渐开始涌出散兵四野，再后来涛声相会，鼓乐齐鸣，遂有了今天丰沃广袤的海外华文文学的一派风光。在这新时代的文学浪潮中，北美作家的成就尤为令人瞩目。我自己身在其中，既是作者，也是读者，由此而成为新移民文学最早的见证者和直接的呐喊者。

文学，是一种心魔。或者早年爱上了，或者后来的生命里遇见了，就一生一世地不能再放下。人生有很多放弃，最难放弃的便是文学。海外流浪的途中，文学成了我心里的"船"，暗夜之中，只要坐在这"船"上，感觉自己就能回家，就有了身的安慰和心的喜悦。

所谓"文坛"，亦如"美丽的草原"，天地相接辽阔无边，任由各色的花儿开放，任由着骑手寻找着自己灵魂回家的路。那"骑手"，是读者，也是作者。渴望驰骋的时候就是放飞自己的心写作，驻足凝望的时候就是俯下身来品读他人。就这样一路慷慨悲歌走来，竟看见一幕幕芳草萋萋，好一个奇花异彩铺就的海外绿茵草原。

海外春秋，挥别了烟雨故国的学坛，面对着涛声依旧的海岸，感觉自己就像是一个痴梦中的羁客，仍在固执地寻找自己的花园。是生命的"移植"，激发了创作的才情，写散文成为我的至爱，写评论则是我的使命。

我自幼喜欢写作，十三岁时在《西安日报》上发表小说，1977年破格考入西北大学中文系，成为当年最小的少年大学生。寒窗四年，唯独爱上了现代文学和鲁迅，"五四"的火种，是中国的启蒙，也是我的启蒙。毕业那年，我的《论庐隐》获得了文科优秀奖，随后的一篇《论萧红小说的语言艺术风格》刊登在东北辽宁的《社会科学辑刊》上，学术的生涯从此扬帆起航。

在西北大学读研究生的日子，导师一边叫我们读《鲁迅全集》，一边带领我们撰写《中国现代杂文史》一书。导师说的一句话我记得最深："若读懂了鲁迅，就读懂了中国；研究了鲁迅，就能研究其他的作家！"

硕士毕业后我去了陕西师范大学教书，斗胆在西北首创"台港文学研究"课程，与同事们一起合作出版《中国当代文学》和《神秘黑箱的窥视》。

1992年，原本计划赴京读博士的我，忽然随着百万大军的留学热潮来到美国。初在异乡，前途茫然，痛苦徘徊之际，决心写下异域的冲击，写出新一代移民的甘苦。

1998 年，第一部域外散文集《走天涯——我在美国的日子》在中国文联出版社出版。里面的很多篇章都是在夜里打工回来后完成的，它是我海外散文创作的初试锋芒，也是我写给母亲的他乡报告。因为《走天涯——我在美国的日子》书中所写的华人故事，休斯敦市市长还特别颁发给我"荣誉市民"和"文化亲善大使"证书。

《走天涯——我在美国的日子》出版后，我开始关注北美的新移民创作群体，1999 年应邀为《侨报》《新移民作家扫描》专栏撰稿。与此同时，也希望自己能够在更广阔的地理背景下探索中西文化的深层感受，此后的足迹从加拿大到墨西哥，从西欧到北欧，精神的开阔带来了文字的改变。2003 年，第二部域外散文集《"蜜月"巴黎——走在地球经纬线上》在天津的百花文艺出版社出版。

尽管看到海外新移民文学的迅速崛起，但

是在海外能够从事华文文学评论的人少之又少，我觉得自己应该担当起这个使命。想起草创的那些日子，如孤雁般含辛茹苦，不为职称，也无报酬，默默地发掘和评论着一个个默默写作的人，为我的同代作家写碑立传。

2005年9月，由我和西雅图作家融融共同主编的《一代飞鸿——北美中国大陆新移民作家短篇小说精选述评》一书在美国轻舟出版社隆重出版。这一年的10月，各路作家和学者纷纷飞向纽约，共同庆祝第一本北美新移民作家的作品文集《一代飞鸿——北美中国大陆新移民作家短篇小说精选述评》的问世。

也是在2005年，我应邀去哈佛大学参加海峡两岸作家的对谈。这一年的年底，国内的《文艺报》特别颁发给我"理论创新奖"。翌年6月，成都时代出版社推出"北美经典五重奏"，我的《横看成岭侧成峰——北美新移民文学散论》列在其中。春种秋收，生命的耕耘终于有了金色的景象。

2009年11月，在广东孙中山先生的故乡，中国首届"中山杯"华侨文学奖向全球华语作家递出橄榄枝。大奖开幕，我的第三部域外散文集《家住墨西哥湾》荣获散文类优秀奖。2013年散文集新作《他乡望月》由中国社会出版社出版，2017年由鹭江出版社推出《去意大利》。在北美，新移民女性作家多写小说，而我却走上异途。

文学的成长，其实是来自一个民族文化灵魂的成长。文化的延伸，则来自人的漂流。新一代的海外移民文学，一方面是带着生命移植的钻心痛苦，另一方面也是带着面对新世界的冷暖惊喜向读者走来。移民文学的最终理想是在异质文化的分裂对峙中寻找到"个体人"的"生存自由"，在"边缘"状态的独立中寻找自己新的文化认同。

最难忘 2002 年 10 月，张翎、少君、沈宁和我四人第一次作为北美华文文坛的新移民作家代表，应邀到上海参加第十二届世界华文文学国际学术研讨会，兴奋的感觉是漂泊在苦海上的远航人忽然看到了自己梦寐以求的绿色海岸。记得北京大学语言专家汪景寿教授在大会上做如此发言："我以前研究海外作家，采取的是'钓鱼政策'。1981年我在美国，花了很多钱购买海外作家资料，吃美国最便宜的鸡，别人说我再吃下去可能不会说话就会打鸣了，但我横下一条心，冒着打鸣的危险，坚持下去。现在新的机会来了，美华文学作家这拨大鱼来了，千载难逢，赶快下钩。鱼钓到手，应沉下心来，慢火煎鱼，切忌爆炒腰花，应当像北美华人作家那样，不怕清贫和寂寞，死心塌地，默默耕耘，假以时日，你们就是北美华文文学研究的开拓者。"

就在2004年9月，在海内外同人的共同努力下，全球第一个大陆新移民华文作家的国际笔会在南昌大学举办，六十多位来自世界各地的一代新移民作家和大陆研究华文文学的知名学者，聚首在赣江水畔。

2010年5月，在南昌举办的中国首届小说节上，我代表海外作家抒发了自己的心声："历史将会证明，中国未来的文学只有在吐故纳新中、在与全球新文化的不断交流融合中，在海内外交相呼应的大格局中，才能不断地解放自己的心灵，最终登上世界文坛的高峰。"

2010 年 10 月，中央电视台《华人世界》栏目的记者采访我："创作与评论，哪一个对你更重要？"我回答说："创作虽然是我的至爱，但写评论却是我无法回避的使命。"

2011 年，我为吉林出版集团主编了《世界华人文库》的第一辑，出版了《当代海外作家精品选读》一书，期望推动"新移民文学"走向经典化的历史进程。2014 年，《海外星星数不清》在九州出版社出版，汇集了我近二十年来最重要的文学评论，也为海外华文文学的研究留下了一份原始资料。

遥看当今野火遍地的世界华语文学，大批的海外作家，他们坚守文学的同时实际上是在坚守自己的精神家园。他们游走在两种文化的边界，在社会责任与艺术诉求之间，在忠诚与背叛、抵达与回归的矛盾中不断挣扎徘徊。正是这种"离散"的特质，造就了海外文学独特的张力和自由思考的空间。

　　蓦然回首，感谢在漂泊的途中，迷人的汉字，在幽秘无路的夜色之中，牵引着我走进了百媚千娇的芳草地。苍狗变幻，岁月如隙，人的生命在"失"的时候必然有所再"得"。如果说食物滋养着人的肌体，那么文学就是滋养着人的灵魂。"文缘""情缘"，必将永远滋养着沧海桑田。

目　　录

第一辑　人生如梦

第二辑　亲情如海

第三辑　诗和远方

第一辑　人生如梦

他乡望月

当月儿升起来的时候，我就牵着三岁小儿的手，走进屋后的一片草色里去。八年了，这墨西哥海湾浸润的休斯敦城只有到了夜晚才飘来爽心的风。迷离的星空，墨蓝的天际悬着一弯金色的孤舟，在云里悄然地荡着，就让人想起从前的长安那一片依稀的水色了。

日子有时滑腻，有时苦涩，年轮在脸上转着，可记忆总不见长。只要听到湖边的夏虫在夜里轻轻地鸣叫，我的心便会恍然，以为是走在童年时渭河畔上外婆的村庄里。

当初在这郊外买屋，一见钟情，是因为看见那宽大的厅堂上竟横空有一条粗粗的大木梁，后院里则立着一棵遮天的老槐树，不远处更有听得见蛙鸣的池塘。于是，在岁末圣诞的彩灯里，我便能想象烟火里的爆竹，还有外婆挂在大木梁上的条条熏肉。空寂无人的傍晚，南来的风吹过院子，大树摇曳，就有乡下那特别的萧瑟，这便是记忆里的外婆端着瓷花的大碗从枣树林里的深处呼唤着向我走来。

什么时候，那个躺在麦秸堆里渴望漂泊的小姑娘，如今却在这他乡的月儿里痴痴地恋起懵懂的童年？曾几何时，岁月的斑驳浸润在这清幽的光里，竟幻出一道道生命的五彩？

散漫的星星在天幕上稀稀疏疏地眨眼，都说外国的月亮圆，怎么小时候的感觉里那月亮才是真正的大！外婆村上的打谷场到了夜里是多么地亮，村民们围上来，不用掌灯，看我跳城里的舞。夏天时他们笑我穿的花裙子，冬天里就挨个地过来摸我的绸棉袄。

乡下人才是最爱月色，手巧的媳妇坐在小马扎上呼呼地纳鞋底，男人们支起胡琴开始调弦，然后就听见有人扯着喉咙唱《苏武牧羊》。西北人吼的秦腔，丹田气足，远比鲁迅先生在《社戏》里写的南人小调悲壮苍凉得多。

夜里听完了戏，外婆就会牵着我来到村头的小池塘。塘里的水已晒得温热，正好洗手脚，顺便再把脏了的衣服在水里摆一摆，砸几颗皂角搓搓领口的汗迹，泡沫里溢出一股特别的香。水里有月的影子，人一走，蛙声就忽然响成一片了。

小儿在前面唤我，原来是他最爱的小木桥到了。原木的宽板子齐齐地排成一个拱形，踩上去有脆而沉的音响。孩子在极目寻着溪水里鹭鸶的影子，我却托腮伏在栏上，念起早年走过的江南绍兴桥了。

那是梨花旺开的季节，我们几个读"鲁迅研究"的硕士生踏进了江南的名城绍兴。在周家祠堂前的小运河上，一艘旧旧的乌篷船载着三个激昂的年轻人，穿过一座座木的、石的小拱桥，驶向鲁迅儿时的外婆家。那撑船的就是一个面色颇像闰土的青壮汉子，他缓缓地摇着橹，我们则仰卧在舱里，听着耳边港汊湖泊的水声，想象着从前的小鲁迅走这一条水道看望外婆时的童年心境。

　　那一刻，我在心里念着："乌篷船摇着童年的周树人穿过水中看社戏的舞台，停泊在外婆家屋后的青石板旁，拾级而上的他在霉干菜的农家香味里一步步走近了祥林嫂淘米的欢乐。在前院九斤老太的哀叹里，他懂得了阿 Q 骂城里人把葱切成丝的忧伤。"

　　我的手被一双软软的小指头勾住，是孩子告诉妈妈路要回头。他竟也爱上了这月下的一掬清辉，欢跃地戏逐着地上自己变幻的影子。心儿感动起来，不忍静夜里独语，母子俩便携手对着旷野大声地数起"一、二、三"来。风里开始有饱饱的雨，水边的蛙竟优雅地咽了声。数着数着，就好像听到前面有砍柴的樵夫隐约在歌唱，目光聚处，遥远的记忆里又抽出一根亮亮的丝来。

　　五岁那年，城里教书的母亲正在"文革"的风暴里"大串联"，外婆便送我去砍柴路上的小学堂读书。第一天的功课就是数数儿，我一口气数到一百，老师当下里拍板叫我跳进了二年级。

　　那一年漫游在英伦孤岛的苏格兰，看见手

工的花格子羊毛披肩，禁不住有潸潸的泪涌出，是它让我想起了外婆的那双大手在月光里为我编织上学穿的粗布套装。

人家是"朝花""夕拾"，难道真是我的心老了？怎么听见雨就会念念早春里的渭城，看见柳就想起秋风的灞河，遇到一汪水就觉得那是月色里的荷塘，假日里乘船在圣安东尼奥城的运河徜徉，竟以为是行在"桨声灯影里的秦淮河"呢？！

唐人贾岛有一首感伤而温暖的诗："客舍并州已十霜，归心日夜忆咸阳。无端更渡桑干水，却望并州是故乡。"老人家真是在为我们这些漂洋过海的羁留人在苦吟。都说"乡愁"美就美在"愁"的思量，其实，真正的"美"却在于时空滤过那"乡"的重现。

夜深起来，凉凉得不肯回家，眼睛不自禁地偷窥那街边芳邻锁在楼台里的灯火。乡里乡亲住了八年，各家的小狗倒常常亲我的手，人却是没说过一句贴心话。这月儿如钩的他乡夜里，耳畔就响起外婆的村子里"大婶子""大妹子"串家过户借盐要醋的欢声笑语，那一股宗亲的感受怎是这美利坚人消受得了的？！

扑面似有冷冷的雾，这一寒，倒叫人想起小时候过旧历年了。伴着月光的母亲总要为我除夕赶做新衣，锅里还炖着一个给爸爸下酒的大猪头。若是回到外婆家，炕桌上一定有肥肥的五花肉，还有镶着蜜枣的虎头馍馍。老人家从不知道什么叫卡路里、胆固醇，她就喜欢看我吃得香香的模样。

想起吃的，就觉得舌头下发痒。在长安城里念学位的日子，自己终于有了助学金，路灯升起，约了男友满城里找便宜的小吃。城墙根下的烤羊肉一毛钱一串，两个人各吃五口，一块钱的腊肉夹馍，一人半个，再买五毛钱的米面皮，最后数出十个分币，买一包晒干的柿子皮，一路慢慢地嚼着。那时男友总心疼我吃不尽兴，说等将来有钱，第一件事就是饱享天下佳肴。哪知道如今真的是五洲四海的馆子杀遍，可就是再也吃不出从前那份铭心刻骨。

一束幽幽的光正斜斜地射在门前郁郁的丁

香树上，小儿子一声雀跃："妈妈，到家了！"
我站定，深深地呼进一口夜的清香。想当年最
大的梦想就是渴望有一幢自己的房子，不必再
担心隔墙有耳。那婚后住的宿舍楼永远是热闹
如市，走道里挥铲子炒菜常常是顶上行人的腰。
可如今，真的有了自己的大房子，暮色降临，
却好生盼着那从前的友人突来敲门的惊喜，听
他们说大老远就闻到了我锅里炸酱面的喷香。

　　一条窄窄的水泥路泛着青白的光，尽头的
车库门还敞着，里面车身的幽光又让我想起多
少个不眠的夜晚，两个人驰骋在新大陆的万水
千山之间。南端的大西洋里的岛寻到海明威的
故乡，加州的淘金谷里看见了马克·吐温的小
镇，新英格兰的秋天漫山是惠特曼歌唱的草叶，
西北的荒原上看得见杰克伦敦笔下狼的战场。
然而，走在这样的风景里，心海上却总是浮着
屈原的汨罗江，陈子昂的幽州台，陆游的沈园，
更有曹雪芹西山郊外卖风筝的草屋。站在尼亚
加拉大瀑布的面前，想到的竟是李白的"飞流直
下三千尺"；走在华州的维尼亚冰川雪山之巅，

感觉里完全是杜甫老先生的"会当凌绝顶"。雄浑的"黄石"固然壮阔，却可惜没有苏东坡的诗；犹他州的红土高原鬼斧神工，就缺少石林里阿诗玛的传说。禁不住更想起庐山的仙雾里有石刻的碑，还有佛光环绕的峨眉金顶。也不知今夜那苏州城外的寒山寺，袅袅的钟声是否已到了水上的客船？

难道真是这样，生命的脚步离故乡的堤岸越来越远，灵魂里的距离却是越来越近？

想当年，擎着"五四"的旗，执着在中国的脱胎换骨。却不想，关山远去，家国如梦。在这他乡无数个月夜里，心儿浴着蓝色的光，激荡的潮水终于退回了母亲的海岸。

紫木的门被推开，小儿跑上螺旋的楼梯去。这里是异域的家，却是浪子回头的故园。

同窗轶事

　　我上大学那年是 1978 年的开春，但俗称"七七级"，因为是"文革"后第一次大学招生，全国上下手忙脚乱，就把我们这批 1977 年的考生拖进了来年的春天。

　　第一次走进西北大学校园的时候，我感觉自己是进了大观园，紫藤阁通幽，桃花含苞待放。但我所有的惊诧并不是因为风景，而是因为看到校园里那些奇特的人，他们将是我共度寒窗四年的同学。

　　我的班上竟然有七十人，系里原本只招五十人，结果政策放宽，有些家里出身不太好但成绩不错的人就被扩招了进来。这中间有中央首长的女儿，有"黑五类"的儿子，有共和国将领的公子，也有国民党战犯的后代。记得我入校的第一天，班上一个帅气的小伙向大家介绍他的父亲正在导演莎士比亚的话剧《亨利六世》，而另一位来自陕北乡下的后生则望着窗外的柳树惊呼："我终于知道什么是垂柳了，原来柳树的叶子是朝下长的！"

大学的日子甚是热闹，思想解冻的浪潮一波一波地冲击着校园，演话剧、办刊物、讨论小说，明着看一团和气，暗下里却分流涌急。我们班上传有"十大才子"之说，也听说不甘寂寞的"农民党"在活动，还有系内外交错的各种爱情。就记得班上有一位擅长在舞场猎艳的公子，每次去食堂吃饭，他的碗都被外系的男生砸扁。还记得班上有人经常透露谁跟谁已经有了关系但可惜还没发生的消息。

我那时年纪偏小，就知道每天泡在阅览室里读小说。忽然有一天班长叫大家开批判会，批判的是一个同时跟两个女人相好的男生，情节非常严重。批斗的结果是把这个每次考试都是第一个交卷的男生给开除了。那男生离开学校的时候几乎没什么人理他，我却跑到校门口去送他。他有些感动，就送给我一本他手写的诗集。晚上回去翻开，第一首诗竟然叫《胸罩》，只有两句："你虽然挡得住美丽的乳房，/却挡不住狼一样的眼睛！"吓得我立马一身冷汗。

我因为在班上最小，常常被几位年龄大的同学堵在教室的门口，他们逼我叫他们"叔叔""阿姨"，因为他们的岁数实在是我的双倍。下课的时候，会突然有人从后面搂住我的脖子，恨恨地说："你怎么能跟我是同学，这世界太不公平了！"恨归恨，班上的同学还是非常爱我的。有一晚，全班乘校车去北大街的戏园子看曹禺的《雷雨》，我出来晚了，又下雨，班长忘记点人数，结果回到学校发现我不在，全班惊慌，兵分三路，在西安城里找我。第二天，每个人都在课堂上打瞌睡，弄得给我们军训的那位小个儿连长直发火，他正在台上讲枪的功能，刚说"枪，有后坐力"，忽然扫视台下，叫起前排正在低头酣睡的"小炉匠"："你说，我刚才讲的什么？"伟大的"小炉匠"真绝，他竟然有睡觉听课的本领，昂头站起来，一字一板：

"枪，有后坐力！"全班人齐呼："乌拉！"

同学中最让我难忘的要算沈宁，倒不是因为他长得玉树临风，而是觉得他身上有股特神秘的东西。沈宁是班上公认的才子，当年入学，就因为身世沧桑，险遭扼杀。可是，他从来不与人讲起自己的故事，总是一副谦谦君子的儒雅，笑容里腰板挺直，匀速的步子里常常会冒出揶揄人的机智话来。他会拉琴，会导演话剧，指挥大合唱，还能主播运动会。后来，我们才渐渐知道了他的外公原来就是为蒋介石执笔多年的陶希圣，1949年他的母亲在黄浦江外拒绝随蒋登舰赴台，后来"文革"中受到摧残，沈宁则被放逐到黄土高原。大学时的沈宁，似乎比别人更努力地学英文，他有海外关系，他知道自己的未来不在中国。果然，毕业时分他到省电视台当导演，只拍了一部《喜鹊泪》就远走他乡。

还记得那年我在西大的校园里懒洋洋地读研究生，忽然就听说远在美国的沈宁回来了，想邀同窗们去聚聚。这可是个好消息！算他有良心，至少让我们这些饥渴中的兄弟姐妹好好

"撮"一顿。来报信的人还特别叮嘱："别忘了，是下午五点，吃饭的当口。"

沈宁约大家相聚的地点就在西大宾馆，那一楼的宴会厅是相当的气派。我们先上了二层他下榻的房间，每人进去都是一片欢呼，沈宁则是一身白领打扮，手持名片恭敬奉上。大家并肩席地而坐，心里却在偷偷地看表，盼着那开宴的时候早到，杯酒下肚，话匣子才能打开。结果寒暄已过了一个时辰，怎么还不见沈宁发话下楼就餐？又过了一个时辰，肚子里敲起饥饿的鼓点，就见沈宁起身，拉开里屋卧室的门，说道："在美国习惯了边吃边聊，兄弟特别采购了一些吃的喝的就放在这屋内的桌子上，有自助的盘碗，请大家需要时随意。"他的话音刚落，全部的面孔是一片错愕，难道就这样来打发我们？而且中国人最要面子，谁会第一个说"我饿了，我要吃"？即使是饿得前胸贴后背，也不能丢这个份儿！

书卷气十足的沈宁并不察，依旧在话锋里盘旋。我就看见当初通知大家的"包大人"脸上很有些挂不住，大家的目光也哀怨地射向他。

那个晚上真是一次饥饿的体验，受不住的先开始告辞。我们几个女友赶紧冲去校门口的小馆，全无了吃相的斯文。翌日，"包大人"一一打电话来抱歉告罪，大家则异口同声地发泄："嗨，沈宁当了美国人，咋就变得这么抠门？！"

许多年后，我移居休斯敦，沈宁采访老布什总统，途经我家，说起这段"往事"，他大喊一声："冤啊！"

将要忘却的事

当初想要出国的念头，其实是因为那天教工宿舍里的公厕发了大水。

妈妈的忧伤

那天是周六，我妈突然来了。20 世纪 80 年代中，家里都没电话，母亲肯定是找了一个小空档，急呼呼地在外面敲我的窗子。我知道家里的老爸很不喜欢我妈出门，但我妈待不住，又老是想我，几天不跟我说说话她就觉得憋屈得慌。

我妈那天穿着新鞋，衣裳也是新做的，只是没想到，好不容易走到了西北大学教工二楼的楼门口，却根本进不去。还好我就住在楼口第一家，她就拼命敲打窗子。我拉开门一看，也吓了一跳，原来公共厕所里的臭水已经漫延到了我的宿舍门口。我赶紧找了几块砖头垫着，扶着我妈踩着屎尿进到屋里。

楼道里的水房老是堵，平日都是在污水池里洗衣洗菜，没想到这一回连厕所也堵了，真是让人难堪。没办法，我和母亲也只能是踩在门口的砖头上做饭，因为炉子就在走廊里，还时不时地把墙上的黑灰搅拌到锅里。那年月的年轻人，能够住上筒子楼的宿舍那都是幸运。

第一次看见母亲用那种特别忧伤的眼神看我，好像外婆去世的时候她都没有这么难过。在我妈心里，我不光是她的骄傲，还是她的希望。她老是跟人家念叨"我闺女十三岁发表小说，十五岁考进大学"。这回她努力咽了好几回唾沫，还是说出来："你都读完研究生当大学老师了，怎么还住得这么可怜！"我都没敢告诉她这间小屋还是先生的同事主动在外面流浪，让出来一半叫我们结婚。

母亲走后的那个晚上我辗转反侧，我是多么喜欢当大学老师，但母亲的这次到来却让我有了极大的幻灭感。看看身边的那些前辈老师，包括那些老教授，已经白发苍苍了才好不容易熬到了一个有卫生间的小房子，这条路竟然是如此漫长，难道真要等我老了，才能住上一个能够在自己家里烧饭的房子？想来想去，未来的人生顿时好压抑。

互联网的时代还未来临，渴望看世界的心蠢蠢欲动。长安城里的日子过得很慢，每天看城墙上的太阳怎么还不落下，想起从前唐皇宫里闲愁的仕女，黄昏时独上西楼，望断天涯路。夜里就跟先生说："咱们离开这儿吧，我想去北京读博士。"先生说："你读了博士也不一定有房，还是出国吧！"

出国要考试，考试要钱，申请学校也要钱。大学讲师每个月的工资只有一百多，存五块钱都很难。先生就选了美国北部的一所偏远大学，申请费才十五美元，全美最低。然后是签证，记得先生熬夜坐火车去了北京三次，终于拿到了学生签证，离他开学的最后期限只剩下三天。赶紧让美国的同学预付了机票，家里的钱只够买一件西装外套（想买裤子钱不够），亲朋好友也来不及告别，急匆匆飞向太平洋，那是1992年的夏天。

入冬的那天，母亲最后一次来城墙下的校园看我。很想带母亲去吃一顿她盼望了很久的广东早茶，但囊中羞涩，只是给妈炒了一碗尖椒白菜。夜里母亲与我睡在凹凸不平的沙发床上，感觉她有好多话，她却说："你都三十了，去了美国别太苦，早早生个孩子啊！"我心里又伤感又难过，到了而立之年，请妈吃顿饭都难，还要让母亲为我担心。我笑着对母亲说："面包会有的，房子也会有的，一定要在自家烧饭、洗澡、上卫生间！"母亲的眼睛立马红了："妈会来看你的！"

北风呼啸，飞机冲上蓝天，我问自己："这是飞蛾扑火吗？"脚下模糊的是生我养我的黄土大地，窗外是急速变换的云彩。从此我一无所有了，每个月不再有人发工资，三十年的岁月从此挥别，前方的路，真的不知道。

小城故事多

第一次坐飞机的感觉很不好受，家里的杂物被我打成了七个行李，两个托运，其他五个背在身上，包括被子床单，还有我省吃俭用买下的那些瓶瓶罐罐。因为脚下都是大包小包，只好靠着舷窗坐着，动也不敢动，一路就睁着眼睛，懵懵懂懂而惶恐不安。

终于降落在风雪弥漫的苏瀑城，先生来接我，后面还跟了一个膀大腰圆的老美。原来这里距南达科他州立大学城还有好几个小时的车程，没车的穷学生们都是请老美帮忙。先生说这里的老美个个都是"活雷锋"，只要听说有中国留学生来，都愿意帮忙出车。有的留学生行李太多，老美就甘愿日夜兼程地跑上两趟。

小车停在一座两层的公寓大楼前，先生急急打开房门，一股暖气扑来，我的脚踩上毛茸茸的地毯，幸福地跳起来。先生又推开一个门，说："你看，我们自己的卫生间，还可以洗澡！"真是开心啊，长大之后第一次不用再跟一群人一起洗澡，泡在浴缸里以为在做梦。赶紧找出自己的真丝睡袍穿上，光着脚在地毯上旋转。

这个叫布鲁克斯的大学城给了我对美国最初的美好印象。新来者大多都会被邀请去教堂里参加学习，教会的朋友互称兄弟姐妹，不断送来二手的锅碗瓢盆和家用。其实大家喜欢去教堂，主要是为了学英语，但美国人特认真，还把我们真诚地请到家里去念《圣经》，我的开心是可以吃到手工制作的西式茶点。

在南达科他州立大学，当时有一百多名中国留学生，因为在海外，大家也不分地区，只要说中文就能抱团取暖。少数有车的同学常常会带着我们去苏瀑城里买东方食品。为了买到烧肉的中国酱油，跑一趟竟要花掉一天的时间。中国大陆来的留学生比台湾、香港的留学生更节省，他们发现了附近的屠宰场定期处理肥肉和各种内脏，这可比每天吃最便宜的鸡腿幸福多了。我家先生每次都把多余的肥肉存货冻在公寓的窗外，比冰箱还冷。大陆留学生们老是聚在一起，有一件重要的事是"互相凑钱"，即把大家的钱先存在一个人的账上，作为他接老婆申请签证时的经济担保。等他老婆签上了，再存给另一个需要的人。大家都是穷学生，日子过得紧巴巴，但脸上却都洒着希望的光。

来美国的第一个职业竟然是"陪读"，想想都不好意思。因为好奇，就在小镇溜达，或去图书馆里看书。好羡慕有的陪读妻子竟然自己开着车去城里打工，然后看见他们夫妇在超市里大张旗鼓地买鱼虾吃。我们的钱刚刚够交学杂费，蔬菜类只能买土豆或莲花白。先是学着美国人烤面包，抹了几天果酱，胃就痛起来。两块钱一桶的牛奶一喝就拉肚子，一看见邮箱里送来的广告上都是夹得红红绿绿的汉堡包，肠子就愤怒地蠕动。

有一天，我全力搜索了老美超市里的每一条货道，终于发现了那种跟白糖差不多包装的小纸袋面粉。就在当晚，迫不及待地请了几个北方来的中国同学来家里吃陕西的扯面，面虽然扯得很短，但我"偷渡"来的生姜、大蒜、花椒、辣子面却是绝对正宗，那冒烟的油往上一泼，香味扑鼻，大家齐声欢呼。晚饭后大家讲学校里的新奇事，先生说他最感动于美国学生的诚实和善良，老师布置作业，美国学生做不出来，跑来问先生怎样做，知道怎样做了却还是把错误的卷子交上去，因为诚实最重要。我的感慨是在美国买回家的物品一个月内可以无条件退换，退的时候人家还说谢谢。

假期来临，留学生们开始作鸟兽散，都去外地打工了，为了挣出下学期的学费。刚刚拿到驾照的我也以为自己有了翅膀，想要出去闯世界。先生也开始明白即便念完物理博士在美国也很难找到工作，眼看互联网如火如荼，不如改学计算机，早日就业。只是学物理才有奖学金，要学计算机就得自己准备学费。于是我决定孤身南下，看看有没有挣钱的机会。

休斯敦不相信眼泪

一辆慢悠悠的"大灰狗"(长途巴士)，沿着美国的中轴线南下，车上的我一直紧张地抱住胸前的小书包，里面有先生辛苦攒下来的一千美元。每次停站，上来的都是非裔美国人，我心里很有些害怕。不知道晃了多少站，终于到了得克萨斯靠海的大城休斯敦。

已是掌灯时分，忽然见到灯火里的摩天大楼，很是辉煌，不禁激动起来："这才是真正的美国啊！"多年未见的表姐好不容易才在市中心的交叉路口找到了灰狗车站，拉着我赶紧上车，说这地方危险。

踏上虎踞龙盘的高速公路，表姐目视前方，说稍不留神就会开错，然后就绕不回来了，叫我一定要记住这个 59 与 45 相交的岔道口，我强按住自己慌乱的情绪，拼命点头。眼前的高速是八条线，每辆车都是风驰电掣，这样的路况我打从娘胎里出来还是第一次看见，我坐在车上心惊肉跳，感觉休斯敦要先给我一个下马威。我开始为自己担心，在这么可怕的地方怎么才能活下去。

万事开头难。表姐说："不论你想干啥，第一步，挣钱！"一早我跑到公交站，目标是位于西南的新中国城。第一次站在店铺林立的百利大道上，那天太阳出奇地亮，身上的白衬衣特别白，我，一个抖抖索索的异乡女子，正孤零零地靠在一根滚热的水泥电线杆上瑟瑟发抖。

因为走了太多的路，胃里饿得发痛，拐进一家最便宜的越南面包店，店主随口问我是哪里人，我说完"西安"就特后悔，因为她的表情告诉我她连"西安"两个字怎么写都不知道。直到太阳下坠，百利大道上也没有一家愿意雇用我的餐馆，理由是我既没有车，又不会说粤语。

休斯敦不相信眼泪，但我需要钱，需要一份工作。眼前的这个城市不肯讲我会的语言，更糟糕的是我忘了回去的路。在市中心的高楼下，需要转乘的最后一班巴士已经开走，天黑下来，还下起了暴雨，我不敢去就近的大楼下躲雨，空荡荡的市中心只剩下一些流浪汉在屋檐下指着我窃窃私语。终于找到电话亭，听到了表姐的声音，等她的车子过来接我，至少还要在雨中坚持一个多小时。我开始哭，反正也不用擦眼泪，那一刻地球也仿佛停止了旋转，孤独的我就好像站在地狱之门。

1993 年，美国经济萎靡萧条，所有的中餐馆都挤满了中国留学生。没办法，我不能闲着，决定包速冻饺子，先是拿到东方超市的门口去卖，可怜的水饺未经卖出已化作一团。还剩下一条路，去应聘保姆。

做保姆的好是不要求有车，还管吃管住。面试我的这一家是中西联姻，可以讲中文。女主问我有没有养过孩子，情急之下拿出了妹妹刚刚寄来的她女儿的照片，紧张得脸红心跳。

照料这家人吃饭并不容易，男主要吃西餐，女的要吃中餐，两个孩子是中西合璧。我常常是手忙脚乱，站在餐桌后面随时听命，几乎忘记了自己也要吃饭。最难的不是白天，而是晚上要陪两岁的小女孩睡觉。因为没有照顾孩子的经验，我的破绽还是很快露出来，三个星期后被解雇，但女主人慷慨地给了我在美国的第一份满月的工资。

就在被解雇的前夕，听说一个台湾留学生愿意低价卖一部旧车。见面那天我的钱不太够，他决定成交，条件是他要把车开到最后一天上飞机。

那天从机场独自回来，我的手握着方向盘拼命发抖。因为我不敢开上高速公路，就一直在高速路底下转啊转，越转越糊涂，眼看天就要黑了，一咬牙一踩油门，冲上了高速，把自己卷进了钢铁的洪流之中。那几乎是一场生死的较量，用命换来的成功，冰冷的汗水顺流而下，浇灌的不是回家的路，而是我从此可以去餐馆打工了。

餐馆辛酸

令人沮丧的是，有了车轮的我竟然创下了三家中餐馆关门大吉的打工纪录。

先是在餐馆打杂，我都一把年纪了，他们叫我"Bus Girl"，收盘子、扫地、给客人倒水，每天五十美元。没过多久，老板就看出我是可造之才，很快升级为企台，可以直接帮客人点菜。

我的醋熘英语其他都好，但老是把"莲花白"（cabbage）念成"垃圾"（garbage），客人一问："春卷里包的什么？"我越紧张，越回答成"垃圾"，吓得客人每每失色甩手离去。那些不问"春卷"的客人对我也很不高兴，老远看见绅士们抖抖衣襟吃完站起来，我怕他们忘记给小费，就拉高了嗓门大喊一声："Thank You！"客人吓得一屁股又坐了下去。别说老板对我直瞪眼，我都恨自己怎么变得这么没出息。

母亲在电话里心疼我在餐馆天天端盘子，这其实比我在大学里当老师难太多。比如两只手要一次端出五杯水，一次出四碗汤，稍不留神，就会杯盘跌落，烫了自己事小，打了老板的盘子，或是洒在客人身上才是大事。最要命的是扛大盘出菜，一米多直径的盘子，上面要放满四五盘大菜，还有四五碗饭，不仅左手要托起大盘，右手还要拎一个架子，不能有一点摇晃，稳稳地走到客人面前，一盘一盘端上桌。为了练这"功夫"，我半夜里把砖头放在菜板上，快步如飞，自己斗志昂扬，就是把看见的人吓得够呛。

说起中餐馆的老板，有恩也有"威"。出错

了菜，老板要叫你赔，算错了账，你要掏钱补上，浪费了他的一杯可乐，他自然也会愤愤不已。发工钱时能少给就少给，能叫你多干就不会让你休息。我真正的痛苦是受不了餐馆里的三六九等，不仅要看老板的脸色，还要照顾大厨的情绪，否则客人的菜半天才出来，如果故意不好吃，小费就完了。最要命的更要讨好大堂带位，她若不高兴，就老是会把不给小费的客人带给你，让你累了一天也挣不到钱。我的神经老是处在紧张之中，性格也发生了变化，想着办法讨好客人，每天的喜乐竟是随着小费的高低跌涨。

曾经遇到一个一起打工的北京小伙儿，五十美元来美国，第二天就去餐馆洗碗，第三天就去考驾驶执照，一个星期后，一辆几百美元的旧车就开始伴随他踏上了打工生涯，供自己读完了工程学后成为美国大石油公司的技术骨干。在美国，没有人会歧视打工的人，你今天端盘子，明天也许就是走进这家餐馆吃饭的"白领"，每个人的命运都在变化莫测之中。回想自己，从根本听不懂什么是"芥末酱"到能够应付客人笑容满面，从拿不了三杯水到能够扛着大盘健步如飞，从看老板的脸到老板看我的脸，从老企台欺负我是"生手"到平等地情如姐妹，流下这多汗水和泪水，我知道希望正在来临。

那是一个周末的黄昏，一个挂着拐棍的孤寡老华侨忘了给我小费，却无意间丢给我一份洒满油腻的中文报纸，那是我在美国看见的第一份正规的中文报纸，其激动程度不亚于见到亲爹亲娘。翻过整版的招工广告，会计、秘书、炒锅、抓码、换屋顶、看仓库，沮丧之际发现了"文学副刊"，一字一句读到最后，竟然看到电闪雷鸣的一句话："提起笔就是作家！"夜半时我心潮澎湃，到处寻找纸笔，几乎喜极而泣：亲爱的方块字哟，你终于来救我了！

白天打工，夜深人静时趴在床上写作。他乡的见闻先寄给家乡的《西安日报》，那是给思念我的母亲送去海外的生活报告。妈妈一面帮我收集文章剪报，一面写信说："如果太苦就回来吧！"

先生终于转来休斯敦念计算机。我的那辆低价买来的小白车，一早把先生放进学校，然后去餐馆打工，直到晚上 11 点，我再去学校把先生接回家。车上放了两盒餐馆的剩菜，正好是先生第二天在学校里的伙食。这样没日没夜的日子虽说有点辛苦，但好处是先生很快就把计算机专业的课程全部念完了。

母亲走了

1995 年，恰逢美国经济复苏，提前拿到学位的先生顺利找到工作，这也意味着脱贫的新生活开启。拿到工资的第一个月，先给妈妈寄了一百美元的红包。

脱贫的第一件事就是改善伙食。跑进中国超市，毫不手软地买豆腐、虾仁、粉丝、榨菜、大活鱼。捧起一把韭菜放在鼻子上闻得不肯撒手，吓得店员还以为韭菜出了什么毛病。回家开吃红烧猪蹄、麻辣肚丝，不亦乐乎。

一日邀了一帮朋友在家包饺子，面粉不够，

临时差一人去买，谁知这老兄买回的面做成的饺子下进锅里竟然变成了大包子！大家同声斥责他买错了面，我却像发现了金子似的赶紧从垃圾桶里找回那个面袋子细细查看，这一看不要紧，正是我日思夜盼的那种能蒸成大馒头的自发面。

母亲好想来看我，但我一直在寻找那种不用酵母也能发面的面粉，妈妈一生最爱馒头，尤其不能吃超市里卖的那种加糖的南方馒头。自从发现了自发面，只要看到优惠价，我就买回家来囤积，已经堆到几尺高了。另外就是为老妈研究各种辣椒，生的熟的，泡的炒的，这俨然成为我那些日子最用心、最有成就的功课。

7月高温，给家里打电话，听到的却是小妹的声音，而不是平日里母亲跑过来激动接听的急喘。妹妹说母亲住院了，怎么也想不出曾经是国家运动员的母亲怎么会生病呢？过了一周再打电话，还是妹妹在接，说母亲还没回家。我心里有点慌了，不祥之感涌上心头。一个月后，妹妹的信到了，颤抖着撕开来看第一行字：

"妈妈已经走了！"顿时眼前一黑，世界上最可怕的事还是发生了。

一声晴天霹雳，震得我身心坍塌。母亲是突然在夜里走的，还没有到她五十七岁的生日。爸爸知道我们没有绿卡，冲回去也见不到母亲，所以让妹妹一直瞒着，直到办完丧事，才决定写信给我。心口痛到麻木，也没有眼泪，很想号哭，竟然哭不出。

母亲走了，不仅仅是全家人的天塌地陷，更是让我突然生无所恋。那个时候，我多么想让母亲看见一个不一样的世界，想让她坐上自家的小汽车，住上有洗澡间的房子，去超市想买啥就买啥。在异国他乡，再苦我都能忍，但是母亲走了，生命的源泉枯竭了。

彻底垮下来的我每天呆坐，人生如同釜底抽薪，旅人的梦原来是如此苍凉，长空的孤鹰从此折断了翅膀。母亲是我的情感依靠，她竟然什么也没看到！生命原来如此短暂，记得出国前母亲还回忆她结婚的情景，恍若昨天。而我的外婆走得更早，当年只有五十五岁。或许，我也不会长寿？这个念头着实吓了我一跳。

下午在游泳池泡着，因为发呆，差点在深水区窒息。余下的生命似乎没那么多，原本想在美国好好读书、在学界大展拳脚的念头完全打消。飘萍与漂泊，我可能要废掉了。

为了出去散心，我答应了一家中文报纸的邀请，做了社区的采访记者。钱虽然不多，但有个好处是经常免费吃馆子。那夜月黑风高，走进一家小餐厅，老板娘的脸很是亲切，开口说话我就听出是陕西老乡。她立马把我拉进了小包间："娥给你做碗羊肉泡馍！"端起那只兰花大碗，一股儿时的味道，从舌尖滚到胃里，再穿过肠道，一节一节抚慰着我饥渴已久的身体，所谓肝肠寸断也可以是肝肠寸暖，一碗羊汤荡尽了我多少酸苦与伤感。

儿子与书

1996年夏天，某夜忽然梦见莲花盛开，原来是母亲的周年忌。当日去医院检查身体，忙碌的医生窜来窜去，拿了一张纸进来，都没看清我的脸，说了四个字："你怀孕了！"

难道冥冥中真有天意？母亲走了，一个新生命来了。我其实从来不相信母亲真的离开这个世界，她只是在另一个维度空间里继续守护我，而我能做的就是把欠母亲的还给自己的孩子。

身体里有了孩子，心情平静下来，平静就能思考。于是，每天面对电脑，灵感源源不绝，直到肚子里的孩子自发地拳打脚踢，一部粗糙的书稿也写成了。儿子出生那天，可能是我坐得太久，十八个小时难产，最后还是上了手术台剖腹。凌晨4点，疲惫的医生眼睛里布满血丝，孩子的父亲不敢接过护士手中的小包裹："啊，这是我儿子吗？"

虽然人人都能做父母，但是养孩子真的是人间最难的功课。小儿没有母乳，只能吃奶粉，却消化不良，夜夜啼哭。每天夜里他非要趴在我的胸口听着心跳才能入眠，他爹则要把他扛在肩上才能吃完晚餐。为了对付这个小小"夜哭郎"，半夜里我们在高速公路上狂奔，再打开收音机里的杂音让孩子安眠。可是回到家，孩子的哭声再次表达身心的强烈不满。为此邻居还招来了警察，开门时警员看见我们的一头汗水和一脸愁容，只好挥挥手说一声"保重"。没想到最后是水管里的哗哗水声救了一家三口，只要听到那高山的流水，小儿竟安静下来，为了节约水费，我们只好录了水声放在他的耳畔伴他入眠。

儿子就这样长起来，他常常是躺在摇篮里陪我去采访，有的时候摇篮放在会场的角落，路人不留心，就差点踢翻。我也常常带着孩子去送报纸，休斯敦很热，孩子被绑在座位上满脸通红。最难为的是拉广告，我们这一行叫"扫街"，大街小巷一家一家去扫。更难的是收账，尤其是那些美国人开的脱衣舞厅，老板都是凌晨才上班，孩子和他爹就一起陪我到门口，等着我在霓虹灯里穿过酒色吧台，拿到拖欠的支票。

每天出门，登上那条通向山姆休斯敦大道的环城高速，得州大平原上特有的云朵在空中翻卷，时而如海浪绵延起伏，时而如群雄逐鹿草原。眼前这座年轻又雄心勃勃的城市，竟然有九十多种活跃的语言，住在这里的每五个人中就有一人是在外国出生。车子闪过高速路两边一幢幢神秘的大楼，在那些透亮的玻璃窗后，隐藏着多少生命的故事。

1998年，一本蓝色封面的小书终于寄来了，书名是《走天涯——我在美国的日子》。这是我的第一部域外散文集，其中的文字虽然有些仓促，记录的却是想不到的"艰难时事"，漂泊绝不是荒凉。因为这本小书里面所写的华人奋斗故事，休斯敦市长特别颁发给我"荣誉市民"和"文化亲善大使"证书。写作，真的有了救赎的意义。

看看蹒跚学步的小儿，再看看手里的这本纸墨飘香的小书，曾经的那个学者梦虽然破碎了，但命运显然将另一扇窗为我打开。寻找自由的意义原来是先失去所有，打碎后的再造才是真正移植的生命。

到了寒暑的假期，带着小儿游走在东西海岸。那日走进哈佛大学的校园，看到那尊假的

"哈佛先生"雕像，举着小儿也去摸他那锃亮的"脚"，然后站在像前合影，举头目视前方，就看到新生宿舍楼最高层的一扇忽然打开的窗子，心里祈祷：要是小儿能来这里念书就好了。

2015 年 8 月，真的就送儿子赴哈佛大学读书。提着行李上楼，从宿舍往下一看，没想到，这正是我当年默默遥望的那扇窗口。

与儿子深拥告别，他竟然开我的玩笑："妈，你真正自由了！"

美国开车记

说来惭愧，我当年来美国的第一个职业是"陪读"。

那是1992年，平生第一次坐飞机，家里的杂物被我打成了七个行李，两个托运，其他五个背在身上，包括被子床单，还有我省吃俭用买下的那些瓶瓶罐罐。因为脚下都是大包小包，在浩渺的太平洋上空我靠着舷窗一动也不动，十几个小时就一直睁着眼睛。

终于降落在风雪弥漫的大学城，这个叫布鲁克斯的小镇给了我最初对美国的美好印象。因为好奇，就在小镇溜达，或去图书馆里看书。好羡慕有的陪读妻子竟然自己开着车去城里打工，然后看见他们夫妇在超市里大张旗鼓地买鱼虾吃。

为了不麻烦人，为了生计，必须学开车。先不说想出去打工，就是每天的面包、水、牛奶，甩开大步来回也要走上几个钟头，在美国没有车就没有腿。

买新车自然担当不起，可是买旧车却如同瞎猫碰活老鼠，连"嘟嘟"也不会按的我们哪里会晓得是这辆车好还是那辆车好？终于，遇到一位好心的老美，说："车不在漂亮，有力则灵，即发动机要好！"此言极是，拜托他挑一辆，他老兄竟然开过来一辆20世纪70年代的美国老牌八缸车——"邦迪严克"！就是它了，坐上去一踩油门，车身已经窜出几百米，惊魂丧魄之际发现游标已经吃下去一格，好家伙一个油老虎！丈夫劝我不要心疼油钱，保命要紧，这车体大致坚，撞上别人自己不会吃亏。

买了车就要学，可美国政府规定学车必须要有一年经验以上的司机坐在旁边。这美国人人忙得很，谁会耐心陪着你慢慢地来练？找了一位行家问了问汽车操作规则，夜深人静只好披星戴月，我和我夫君也是互帮互学了。他站在广阔的停车场上手举"信号灯"——一个手电筒,指挥我右转或左转,还找来两个大可乐瓶子插上杆子当作停车线,要我稳稳地钻进去。我实在小脑有限,任凭他如何指手画脚,就是要把瓶子碾得粉身碎骨。丈夫急得大吼:"那是人家的车,撞上要赔的!"我亦大恼:"三尺之冰非一日之寒,实践中再苦练基本功吧!"

三天之后,为生计故,我必须斗胆开进警察署申请驾照。那天监考我的警察是个慈眉善目的老头,他坐在我身旁的车位上,笑眯眯的,对我充满了信任。我心里暗叫:"你可别为难我,否则咱俩的命都保不了!"车子开出警察署,他叫我先左转再右转,还好。正向前时,忽然碰到一立交桥口,最要命的是那桥上的信号灯不是绿也不是红,却是一闪一闪的红灯。我本能地停下,心里犯急:红灯要停,可是这一闪一闪手册上说是什么意思来着?正在左顾右盼之际,觉得不能久留,开出去再说。待我开出100米,老头咧开嘴笑道:"好极了,好极了,这闪闪红灯正要你先停下,再回顾,然后小心开出。不错，可以回去了！"我心里叫一声"上帝"，手掌心里已有一股汗流下。

会开车不久，因为丈夫转学的缘故，我们忍痛卖掉了不惜力气的"邦迪严克"，背上行囊，离开那个雪花飞舞的北部小镇，来到了骄阳似火的南部大都市。刚进市区，就见龙盘虎踞的高速公路拧麻花般横在眼前，八条线同时并进的高速大道上竟是奔腾不息的车流！在小镇上开惯了安静小路的我们吓得倒抽一口凉气：只有两天半驾车经验的我们如何敢挤进这钢铁洪流中去？

买第二辆车的时候已经老练许多，会查看公里表之类，但就是不敢上高速，只能在高速旁边的小路上开。终于有一天气不过人家的车风驰电掣般闪过，一咬牙，一跺脚，杀进了高速车流，紧握方向盘，两眼目视前方。一程下来，我已经汗流如雨，一场玩命换来了一场"车技史"上质的飞跃。

开车的老练起来，便不再瞩目路旁的限速招牌，尤其是夜深人静，便一味地冲锋陷阵。

终于有一夜，正在得意地听谭咏麟的一曲《难舍难分》，车后忽然警笛长鸣，警灯乱闪，我赶紧靠边停下，还未等我笑嘻嘻求情，一张超速罚单已贴在我车上。这下才知道老实小心，破财事小，还要亲临法庭向法官认罪并且接受教育六个小时却实在是让人消受不起。

好想自己开车去纽约，先生正色道："能开进纽约而不离婚的夫妇才是绝对不离婚的夫妇！"离婚事小，开不出纽约事大。转手指向西边："去西部如何？那一片广袤的土地任我们驰骋！"于是，在那个夏天，我们有了自己驱车的万里行。

来碗"羊肉泡馍"

日本，蒙蒙亮的东京。远郊的成田机场，乍梦还醒，鸟兽散的人头瞬息间多变成了黄脸黑发的东方面孔。

半圆的空港一角，个个睡眼惺忪。正打算闭眼，前方传来一声男人的大哈欠，尾音后还有话："这美国实在是不美，世界上最美的事就是能餐上一碗羊肉那个泡馍！"心里一惊，说话的人竟是地道的陕西关中腔，瞠目望去，前排真就坐着几个西北模样的汉子，虽然都穿着一码色的公家西装，但那侧脸的轮廓确似兵马俑的憨直粗犷。

盘腿坐在墙角，玻璃窗外还是梦里的鱼肚白。肠子忽然开始搅动，是那一句"羊肉那个泡馍"，蓦然刺痛了我。一股来自羊肉汤的温暖，涌动成记忆里酸甜苦辣的堤坝，轻轻一挑，胃液里泥浆洞开，轰然飞溅起来。

十八年前的一个中午，太阳出奇地亮，亮得整个城市先是灿黄再燃烧变红。我，一个刚刚离开八百里秦川大地的异乡女子，正孤零零地站在美国南部休斯敦城的百利大道上。身靠在一根滚热的水泥电线杆上，绝望的寒意却忍不住让人瑟瑟发抖。

因为走了太多的路，胃里饿得发痛。那一瞬间，我想起了故乡街边的羊肉泡馍，那厚墩墩的大碗，那膻腥扑鼻的羊杂汤。心里呼道："世界上最美的事就是能餐上一碗羊肉泡馍！"感觉就是若有一碗羊肉泡馍，吃完了枪毙都值。可是，我掏掏衣兜里的钱，除了坐车还能买一个一美元五十美分的越南三明治。

坐在越南女人的店里，她随口问我是哪里人，我说完"西安"就后悔，因为她的表情告诉我"西安"两个字她连怎么写都不知道。再看着三明治里薄薄的肉片，干渣渣的法式面包，没办法，又想起了从前古城西安的樊记肉夹馍，光那圆圆的小饼子就能嚼上半个钟头。心里发酸，面包也酸得哽咽在喉咙里。

太阳开始下坠，休斯敦不相信眼泪，但我需要钱，需要工作。身上的白衬衣浆洗得很白，这百利大道上的餐馆老板非要我说英语或者粤语。这个城市不肯讲我会的语言，这个一点儿都不"美"的国家也不想给我一条活路。

流浪之中，一个台湾留学生愿意卖给我一部旧车。见面那天我钱不够，他仔细瞧我，问："大陆来的吧？"我说："西安！"他一乐："古城啊，难怪你长得就像唐代仕女！好了，成交！"我最后送他上了飞机，却怎么也找不到回家的高速公路。

有了车子的我立马创下了"三家餐馆关门大吉"的打工纪录。严重的问题是我总把英语的"莲花白"（cabbage）和"垃圾"（garbage）两个单词调包。客人一问："春卷里包的什么？"我就回答："垃圾！"吓得客人每每失色甩手离去。至于那些不问"春卷"的客人也很不高兴，绅士们抖抖衣襟吃完站起来，我就远远地拉高了嗓门大喊一声："Thank You！"那意思好像是你不给小费我就会"杀了你"！客人多是被吓得一屁股又坐了下去。

就在第三家餐馆将要关门的时候，一个挂着拐棍的老华侨忘记给我小费却丢给我一份洒满油腻的中文报纸。那是我在美国看见的第一份中文报纸，其激动程度绝不亚于见到亲爹亲娘。报上有一堆招工广告，炒锅、抓码、算账、看仓库，反正七十二行都不要我这种人。沮丧之际发现了"副刊"上的一句话："提起笔就是作家！"对呀，我还可以提笔，题目都现成，就叫《餐馆心酸》。

感恩节的前夜，第一次仰望月明星稀。忽然接到一通陌生电话，来自一家华文小报馆："小姐，你不用心酸了，到我们这儿当记者吧！"

记者却是另一种辛酸，不过倒有一个好，是可以经常免费吃馆子。那晚月黑风高，为采访春宴走进一家上海餐厅，老板娘的小胖脸很是亲切，待开口说话我就傻了："你是咱陕西人吧？"她立马把我拉进小包间："娥给你做碗羊肉泡馍!"正如戏里唱的"盼星星、盼月亮，终于盼来了羊肉泡馍"。那晚是我的节日，一股儿时就熟悉的味道，从舌尖滚到胃里，再穿过肠道，一节一节地滋养着我饥渴已久的身体。我忽然想起了当年的宋太祖赵匡胤，早年穷困潦倒，流落长安街头，身上只剩下两块干馍，遇一羊肉铺，店主见他可怜，给了一勺正在翻滚的羊肉汤，赵匡胤随即把碎馍泡在汤中，吃得饥寒全消。此时此刻，在这休斯敦的饭铺里，我可比赵匡胤幸福，主人送上连汤带馍，一碗荡尽多少凄凉与孤寂。

风水有些逆转，曾几何时，这唐人街上那广东人最爱的茶市却是越来越少了，蓦然抬头，竟然看见狗不理包子和油条煎饼馃子。更奇妙的是早年喜欢说粤语的人也开始喜欢说普通话了。唉，什么时候能叫我痛痛快快地说说俺的陕西话！嗨，别说，这一天还真就来了。

农历五月端午过后，周末闲来，电话铃炸响，又是陌生人，绝对的老陕口音，说是要请我吃正宗的老孙家羊肉泡馍。错不了！二话没说，开车狂奔，地点却在中国城对面的一个破旧公寓。

登梯上楼，推门一股热气，眼镜上立刻两片雾。终于看清楚了，是一群男人，有十来个，个个脸色黝黑，身上油漆斑斑，待张口说话，恍若回到当年的西安解放路，间杂着还有火车道北的河南口音。他们告诉我，这一群陕西人来休斯敦两年，主要从事装修和餐饮。其中一个戴白帽的小伙子正在锅台上忙碌，大家指着他说："这小子从前在老孙家干过，煮羊肉最地道！但他一年才从外地回来一次，专门给大家露一手，所以叫你这个记者来尝尝，看看咋样？"我不知是心里热还是身体热，汗淋淋地坐下。听说招呼我的领头班主刚从梯子上摔下来伤了腰背，他猫着腰急急端给我一大碗，嘴里说："这羊肉泡馍比啥都管用，吃一顿能熬一年！"

还真是的，老孙家的伙计每年从外州回来一趟，再吃羊肉泡馍的时候，这群陕西老乡都在中国城里买了自己的大房子，吃饭的人头也是翻了几倍，不少汉子的老婆孩子都来团聚。

那年中秋，几家住得近的，干脆就在自家门口摆上摊，烤羊肉串、烙大饼，手里握着啤酒蹲在地上，烟雾里香气撩人，俨然就是"陕西小吃街"的架势，馋得那些美国邻居不停地在门口咽着口水翘首张望。

"赶紧！赶紧！要登机了！再落地就能吃上羊肉泡馍了！"又是前面的那几位关中汉子大声地呼叫。

一个马步蹲，我猝地站起身来，心里突突地跳：羊肉泡馍啊，无论多少年过去，我心里最想的还是你！

春花秋月何时了

好久没来了，这条河畔上灌木丛生的小路，幽秘的河水仍在静静地淌着，总也看不清它真正的颜色，载不动的水波，依然是沉沉地蜿蜒不息。记得还是去年的中秋，落叶的黄昏，在这小路上竟邂逅了几家住在附近的友人，他们中竟有人带了桂花的稠酒，本想大家一起围坐举杯望月，却不料风乍起，饮了一番细细的小雨。那之后，冬的气息浓了，少了秋虫蛙鸣，心也入了古井，河畔的小路便久违了。

昨夜里忽然下了浓雨，清晨早起，鸟儿啼得特别响，门前的树上雾一样地裹了一层绿，风里面湿湿的很是温暖，明白这是春天来了。心里有莫名的悸动，就恍恍然走到这条细沙铺就的河畔小路上来。路上人影寂寥，正可以独自徜徉，享受思考的空间。这让我想起了小时候在乡下看见的农夫，无论冬春夏秋，晨时总要荷锄往田里走走，晓露中瞭望自己的收成，那一份踏实的喜悦一直是我心中的神往。

小路平实无奇，不知已走了多少遍，但对我仍是有无尽的诱惑，好像只要惯性的脚步踩上这细碎的沙土，血脉就立即畅通起来，我就能梳理自己每天陌生的心境。在这静默的无边世界里，我会突然想起《简·爱》的故事里那荒凉的英格兰草原上罗切斯特沙哑的呼唤，有时也会浮现出马车上的梅克夫人与柴可夫斯基在冰雪中交会的一幕，或者耳畔回荡一曲电影《日瓦戈医生》的主题曲，再不就是怀想米兰·昆德拉在《不能承受的生命之轻》里所描写的那个布拉格的春天。其实，更多的时候还是想自己，触摸着心底的深处，感受是否还燃烧着某种眷恋或是对人生流程的那一份迷惑和无奈。

真的是春天来了，草儿已开始漫绿，多像小时候外婆家后面未开垦的草原，那时候就有谁家的后生远远地摘了一把狗尾巴草来送我，孩子们的情谊，曾是多么美丽的故事。远处的栅栏里，竟有杜鹃花开得一丛丛艳红，热烈得坦率又大胆。再翘首眺望，路畔上已有满树桃花的灿烂，那是故乡的颜色，是撩拨人渴望缠绵的颜色。一股热气忽然从地心里袭来，感觉中有时空错乱的光在脑海里伸展，斑斓的记忆让人辨不出是鲜亮还是浊苦，一层层浮游在心头，慢慢地嚼着，就想起鲁迅先生在《野草》里说的"抉心自食"的话来。

曾几何时，那个从前喜欢在被子里偷偷读爱情故事的小女孩转瞬间已成了四十多岁的妇人。这个年龄的女人，让人想到春末的黄花，想到遗忘在秋天树上的柑橘。可是，黄花自有黄花的恬淡孤芳，虽不是一下夺人眼目的，可多看一眼，就多了一份说不清道不明的内敛风韵。至于秋天树上的柑橘，挂得久了，更少了青涩，那种甘甜却是尝鲜的人所品不了的。四十多岁的女人，更有了母性的宽容和厚爱，有了柔情的关怀和慷慨，也有了回首往事的欣然勇气。

　　很怀念爸爸当年教书的日子，每年送走一大批心爱的学生们赴各地念大学，暑期里就有一些聪明又帅气的男孩子到家里来，说是看老师的，却总是想着办法要了我念书的地址才肯走。只是我那时的目光辽远，并不落在近处。后来在大学里真就望见一个儒雅潇洒的影子，虚虚实实地化作一道青春的风景。恍惚的心终于没有说破，直到那影子突然飞去了大洋彼岸。那个年月的女孩子是要寻找世间最奇异的爱情的，于是在二十岁那年，我迷上了一篇小说《黑骏马》，向往着那"歪骑在马背上的男人"，竟奔去了草原。然而，面对碎石砌成的敖包，发现它并不是真实的殿堂，苍穹下回荡的马头琴，原是悠长古老的哀伤，青涩的我迷途在牧人遥指的地平线上。从那之后，少女的心忽然长大，从云游的天空落下，开始寻找真正属于自己的阡陌城堡。又过了许多骚动无眠的春天，竟然在夏日东去列车的途中，蓦然倾听一个学物理的男孩讲他喜欢画画的故事，心里感动，就决定嫁了他，从此便演绎出一生一世的旅途故事。

岁月蹉跎，少年梦断，情怀已改。然而，谁又能想到从前生命里淡出的一个个面影又如蒙太奇般切换在眼前。那是来美国的第一个新年，我约了旧金山的友人看斯坦福大学宽阔豪迈的草地。正午阳光下，坐在熙攘的小店门前喝一杯咖啡，对面桌子上忽然遇到一个陌生男子凝视的目光，他直直的鼻梁有些像雕塑，清秀的眉宇似曾相识，我想起来了：他就是爸爸当年最钟爱的那个学生，我读书时还去北京访问过他的清华园呢！十几年过去，他的声音依然如少年时铜质的清脆，眼神里还藏着维特式的忧郁和善良。我们围坐在草地上，忆起小时候的故事，他竟还记得在长托的幼儿园里他睡在我的临床，午休时我们在被子底下偷偷交换吃饭时攒下来的瘦肉丁。如今一晃，他已是三十岁的大小伙子，我却成了少妇。我悄声问他："成家了吗？"回答却是笑着摇头，他长长的一声叹息："当年在清华的荷塘边，你说你不喜欢清华，喜欢北大，这话让我伤心至今。"天哪，我真的说过这样的话吗？生命里有些随意的话会有这么重要吗？看着我一脸无辜的惘然，他拉起我的手："走，就假如我们还没有长大！"那个日子，我们又回到了稚气的童年，回到了两小无猜，直到暮霭里的斜阳西沉。分手时，他轻轻唱给我一首流行的歌："谁把你的长发盘起，谁给你做的嫁衣？"

秋去冬来，到了 21 世纪的第一个圣诞，我约了东西海岸的好友一起来看圣安东尼奥城运河上灿烂的灯火。世界有时真是奇妙，想见的人就总能在你的视线里。我赴机场接那位从前在大学时儒雅潇洒的君子，电话里说怕认不准，他却是一贯的幽默和自信："你看着谁顺眼就肯定没错！"越过了二十年斑驳荏苒的时光，我们都有了自己的家，他竟说我二十年来还是老样子，我再看他，脸上虽少了几分从前的英气，肩膀上却平添了几分宽厚的壮实。圣安东尼奥的楼台灯火，恍然是六朝的秦淮河畔，河里的水清澈见底却悠然不动，就如同我说不出的心境。运河上纵横着无数个风姿绰约的小桥，一座座走过去，上下起伏，百折回转，终于将从前的相期相许走成了相知相惜，那旧日长安的亦真亦幻，滤过岁月的尘封，化作了一缕扯不断的友情。凉风里，我们听着墨裔的乐手吹着迷人的排箫，咖啡馆里的奶香喷溢着大家学说当年老师教"河南英语"的笑声。待到了灯火阑珊，他忽然将双手搭在我的肩上，念出一句久违的诗："今宵风月总相随！"

旧历的年节，怀念那爆竹除岁，马年的恭贺问候，又很怕自己老了。忽然，从中部的哥伦比亚城寄来一个小小邮包，里面是一部清雅的书，看那作者的名字，惊诧却是当年所迷恋的"马背上的骑手"。作为草原诗人的儿子，这些年，他走遍神州大地，寻找中国民间的史诗。新书是关于《口传史诗诗学》的研究，通晓蒙、汉、英三种文字的他，将中国少数民族的史诗风韵丝丝缕缕地剖析在读者面前。从"前言"里，我知道他这些年读了博士，又去哈佛访学，陪同德国专家田野作业，在欧洲接收史诗专家的培训，由此他走近了国际学坛的前沿。我的心在油墨的纸香里涌出崇高的感动，不仅仅是为那史诗，更是为一个人为生命做出的努力。送来的礼物里还有草原歌手德德玛的歌，那浑厚的辽阔把我重新带回到苍茫纯洁的草原，那行云流水的旋律似乎能抚平人世间一切的沧桑。

　　清风徐徐，阳光洒在转弯的小路上，脚畔已有淡粉的小花在开放，我将目光从迷离的远处收回到眼前。刚刚岔过去的路忽然又相逢，让人蓦然一惊，想想这世间的路，或并肩平行却永无相交，或陌然相交，却渐行渐远，再迂回曲折，却画了一个美丽的弧线。地上旋起一缕尘土，我下意识地拽紧脖子上的披肩，胸前泛光的黑丝绒满缀着金色的小小黄花，这是与先生在巴黎度"蜜月"时买的纪念品。想到一丈之内的夫君，想到家，脉搏里即滚过电流式的温馨。暗夜里坐在电视机前，将赤裸的脚暖在先生的睡袍里。熟睡的儿子突然一声咳嗽，两个人一同从沙发上跃起，那是亲情血缘的生命共同享有的苦乐悲欢。都说夫妻是一半一半拼成的圆，而我更愿意那是两个套叠在一起的圆，你中有我，我中有你。想想看，这圆却不能完全地重合，那样生命的空间便小了，再说，两个封死的圆又怎能观望互动？怎能变幻出情感世界中流动多姿的曲线？

远远地已看见住家小楼的红砖绿瓦，那是这条小路的尽头，眼前豁然开阔，一派人间烟火的温暖。依稀地听见水草里传来鹭鸶的鸣叫，又像是子规的长啼，春天的燕子飞过，草木随之摇曳，我驻足回首，告诉自己那藤蔓里最爱的栀子花还没有开呢。

一缕茶烟

　　人活着不能没有迷恋，迷恋是一种沉醉，迷恋是一种向往。然而，生命中大多的迷恋却总是想而不能得。

　　十年了，我在心底里轻轻怀想的竟是那"一缕茶烟"，黄昏的午后，阵雨初歇，瓦檐青苔，草色遥看，这时候，邀来相知相惜的友人，烧一壶上等的茶，青瓷的小碗，执在手中，放下红尘中所有的担当，只看云淡风轻，只听笑语欢歌。融在清水里的茶不必多浓多醇，要的是那一刻远离生命之重的悠然，那一缕淡淡的茶烟袅袅升起的"闲"。可是，这样小小的一个迷恋，十年的岁月里竟无从实现。

　　早年因为读鲁迅而走近了周作人，鲁迅先生是把喝咖啡的时间用来"战斗"，而同住在八道湾一个屋檐下的作人兄弟则终生沉湎于"生活艺术"的享受。最是记得作人先生在他的《雨天的书》里特别喜欢写"喝茶"：以他的感觉，"茶道"的意义是"在不完全的现世享乐一点美与和谐，在刹那间体会永久"。他老先生推崇的"茶"，是真正的"清茶"，"意未必在止渴，自然更不在果腹"，要的是体味自然的"古风"。他那段最有名的话是："喝茶当于瓦屋纸窗之下，清泉绿茶，用素雅的陶瓷茶具，同二三人共饮，得半日之闲，可抵十年的尘梦。"

先说"清泉绿茶"，那"清泉"就不可得。如今我们饮用的水，已不知走过多少人造的管道，哪里还会存有大自然山涧涌泉的清香？想当年《红楼梦》里的妙玉还能封存一罐洁白甘甜的雪水留给宝哥哥，我们当代人在追赶车轮滚滚的途中只恨不得牛饮一罐"可口"的可乐立马气灌丹田。再说那"瓦屋纸窗"，如今的"瓦"也早已不是从前那青灰的真"瓦"，化学的材料已全然失去了厚实清冽的古朴。"纸窗"就更加无影，开着空调的室内几乎与四季隔绝，省心的建筑商只盼望将那"窗"干脆就掠去。至于"素雅的陶瓷茶具"倒是不难寻，难的是"同二三人共饮"。这"共饮"的人，不为"交情"，不为"索求"，只为能共享这生命里的一段智慧时光，兰质蕙心，同为性情中人，这不可谓不难。即便生命中寻得有，又须共"得半日之闲"，就更加一个难。古人曰："人生得一知己足矣。"何况还要"二三人"！

愈是不可得，就愈是勾起我无限的向往和迷恋。尤其是一想那"半日的闲"，竟能"抵十年的尘梦"，其中的蕴积是何等深厚？终年跋涉在红尘的浮华之中，多么想啜饮一杯自然的"清茶"让自己回归身心；岁月网在疲惫的家居城堡，多么想借这"一缕茶烟"，让琐碎芜杂的心凌波超越。面对相知相惜的友人，说说自己的心事，会心的一笑，释去平生一蓑烟雨，遥叹一汪沧海。或者，就说说那李白、杜甫当年西望的长安，扯远了，再叙叙司汤达、巴尔扎克笔下眼醉神迷的巴黎。有道是，春的花，秋的月，夏的荫，冬的风，生命里因为有"茶"才看见了自己，若再有了对影"共饮"的喝茶人，喑哑的岁月才有了歌唱。

然而，对于这样的"茶梦"，永远也只是怀想。每日的清晨，残梦中惊醒，日竿的逼照容不得我心驰八荒，混沌的脑海须借着一杯浓浓的咖啡方能振作，日程的紧迫又哪里能允我悠然等待那一缕茶烟的沉落？待到午后，终于有了片刻的"闲"，遂想起早先在伦敦街头看见的喝茶读小报的英人，豁然给自己斟一杯热滚的清茶，那淡淡的茶烟确是从手中袅袅升起，心却不能静，窗外红尘依然，不能诉说，也无从倾听，空寞的世界只有从手中沙漏般流淌，敲打着我"独饮"的哀伤。再到黄昏的傍晚，竟是一日忙碌的高潮，仿佛要给自己一个圆满的交代。终于到尘埃落定，夜深人静，更是不能饮茶，生来多梦，茶的多情只会加剧当晚乱梦的消耗。那一刻，也只有"酒"微醺，能纾解疲惫的心，意志消融，恍恍然沉入那"杨柳岸，晓风残月"。

说到咖啡、茶和酒，唯独就痴心爱"茶"。

咖啡让人沉迷于虚幻，酒能让人冲动地忘我，手中的"茶"却是容你慢慢地怀想。那股淡淡的香醇从心底悄然溢上来，以它微含的苦，慰藉着生命的无奈，抚平着人世的缺憾，呼唤着与你共饮的人。

书店纪事

车子里放着国内乐坛刚刚流行过的曲目，男人唱的是《江山美人》，女人唱的是《真的好想你》。直面的冷气吹得眼睛有些发涩，戴着墨镜，也能感觉到外面阳光的刺眼。车轮向前徐徐滑动，前面是转向中国城的百利大道，又看见十字路口上插着一束悼念死难者的艳丽假花，滚滚红尘，生死瞬间，心中不禁怃然。

还不能右转，茫茫然左顾，就看见电线杆下站着的那个金发的女乞丐。很多次了，我掏钱给她，得州的太阳烈烈地烧烤在她并不算老的容颜上，听人说她是先丧母，后丧父，再被继母赶出家门。我还听说她常常被男乞丐们欺侮，就想起鲁迅在《阿Q正传》里写的那个更加可怜的小尼姑。那女乞丐此刻正站在老地方，手里端着聚钱的罐子，惘然的目光竟闪烁着几分红尘"看客"的超然。绿灯闪亮，车流涌动，我 90 度地打着方向盘，CD 里忽然唱的是《你的泪我怎么能懂》，人生苦海，悲怆依旧，其实我们自己又何尝不是活在"乞求"当中？乞求金钱、乞求爱情，再如我，乞求着灵魂一角的欢乐！明知生命的意义就是在荒凉中苦苦跋涉，却努力将"跋涉"的沉重硬作成悠然漫步的图画，然后再把"荒凉"酿酒为歌。

住在休斯敦久了，沉寂的心忽然厌倦，又忽然亢奋。这里没有云烟缭绕的山岭，让人遐想；又没有揉在掌心的雪花，让湿润的睫毛遥看云深的淡远。路上奔波的人，或神情躁动，或掩不住的慵懒，辣辣的日光下，莹莹的汗迹渗在一个个车窗内油亮的脸上。蓦然，我怀想起地中海畔的欧洲，想起那年在巴黎的地铁上，安详的法兰西人手上各执着一本小书，迷思的表情随着车身微微摇颤，那般情景令今天的我不禁神往。

关了音乐，振振裙衫，努力把自己调整到

轻松愉悦的心境，因为前面那座高大的砖楼里面，就是我为自己每天营造一份"快乐"的生命方舟——王朝书店。

想起当年买书店，说是一霎的冲动，却又好像是毕生的向往。恋着那一股书香，还有鸿儒清谈的雅趣，想着有茶、有书、有人，既挡住了外面世界的侠盗高飞，又为自己营造了一份恬静和淡远，正可谓"心有所寄，神有所依"。

有人忽然向我按喇叭，我停下脚步回顾，是熟知的朋友，开着铮亮的奔驰车，我举手相邀："来书店看看？"他笑了："这年月哪有时间看书？"忽然觉得不妥："对了，我老婆喜欢美容、食谱的书，还是让她来吧！"我也笑了，加上一句："还有不少保健的书呢！"

跨进书店，迎面是人声喧哗的热浪，几位面熟的长者正围圆桌而坐，指点着当天的报纸。他们多是生在大陆的老侨，虽说当年的国共为了政治理念开战，但再打也还是一家人，总会等到"度尽劫波兄弟在，相逢一笑泯恩仇"的那一天。历史要让中国人付出更多的代价，我们在海外，也只能是远看两岸风云，空议孤岛狼烟。

午间买报的人流过后，若在欧洲，就是女人们喜欢喝下午茶的当口。这时，书店里常常会来几位相约的女宾，她们是我最喜爱的一类朋友，长发的学电影，短发的念了生物博士，小脸的在合唱团，圆脸的刚刚从北京度假归来。她们中竟没有一个是真正的上班族，个个喜欢赋闲在家，早晨捧着英文小说，下午侍弄着豪宅内外的花草。她们买的中文书，不再是菜谱类，而是晋升到茶艺或酒，偶然也来读读李碧华或王安忆的小说。几个女人在一起，最开心的是讲讲从前的老电影，黑泽明或者《卡萨布兰卡》，现代的当然要说说徐志摩和林徽因。她们从不谈政治，也不爱宗教，她们就爱现在的日子，因为她们晓得该怎样去消受聪明的丈夫为女人挣来的一份幸福时光。

晚午的静寂是做生意的人最无奈的时刻，整理好店里的内务，我会从架子上找一本久违的书，再到对面的芳邻泡一杯香浓的咖啡，慢慢地啜着，让自己的心情坠入清寂缥缈的空谷。忽然抬头，就看见开动着轮椅车的那位年轻人的面孔，想起来了，他几乎隔些日子就会在这个时刻幽灵般飘进来。他在架子上仔细地搜索着，一口气把他喜欢的书全部买下。送他的影子出门，我忽然想，这年头，好像健壮的人喜欢看书的已非常少，只剩下这轮椅上的残疾人读书若渴。

晚饭的前后，租看录影带的人便多起来。世界虽大，但相对到每一个人还是井蛙般的狭小，所以人们想要看自己身外的故事，也真多亏有那么多的编剧导演一代一代地前仆后继。从前的我是个"影痴"，少时最羡慕影剧院的老板，可如今自己真的陷进了影剧的海洋，感觉里却如同是终日面对着鱼龙混杂的自助餐店，职业性地撑得难过。我的客人中老人多喜欢历史剧，男人则爱武侠片，姑娘们迷恋韩国的俊男美女，正当壮年的最爱看警匪破案。而我竟摇身变成了一个老道的侍应生，学会了看人下"菜"。客人们的笑容很灿烂，但这个时候，我已经全无了欣赏"佳肴"的胃口。

面对人的世界，我时时有深深的喜悦。那些生动的或不生动的脸上，都抒写着人性斑驳的故事。有些风尘里的女客，眼眶上还残留着夜生活的迷晕，白日的消磨就只靠连续剧的漫长。人要谋生，世上的人各自选择着生存的路。我的真正尴尬是常常会弄错客人的身份，以为是姐弟，原来却是夫妻，以为是娇妻相随，却原来是妻子之外的"女朋友"。我环顾书架上层层叠叠的书，触摸到那一卷卷风雨沧桑的录影带，心里面想：这些编纂的故事哪里有眼前的风月来得更真切呢？

在书店里，最让我忧心的时刻，是多年的老大姐满面悲怆地进来，她终日以泪洗面，脸上写着亘古以来最永恒的哀伤。蹉跎安逸的男人不甘在数十年褪色的婚姻里终老其生，天命之年却在情海中最后一搏。而女人最致命的弱点就是把自己塑造成藤，缠绕在男人的树上，树倒则藤死。我只能告诉她：站起来吧，开始自己的新生活。

　　送走各路客，打开收银机数数当日的款项，眉头不禁一皱。平生最怕理财，小时候虽爱玩"卖东西"的游戏，但如今是做了真正的店东家，才知道这"游戏"玩得实在不容易。正在我一脸消沉之气的当口，门外传来一声底气十足的吆喝："我来了！"是接我晚班的秦老伯进来了，他七十多岁，在台湾教唱歌饮誉歌坛，来美国办报纸嬉笑怒骂成文章，我们老少搭档不觉已近十年。他那发自胸腔共鸣的笑声总是直冲天花板："孩子，别皱眉，高兴起来，钱是什么？人活着，快乐最重要！"我被他的豪气感染，一路笑着坐到车上。

　　夕阳下，又是滚滚的钢铁洪流，回家的感觉真好，还有那校园里玻璃窗内翘首盼望妈妈的儿子。红灯闪亮，我停下车子，打电话给公司里还在上班的先生："给你听一首歌！"音乐响起，那动情的歌词是"快乐的时候看天天更蓝"。

"闹春"

2018 年的这个冬天冷又短，春天就来得急猛。还没顾上念雪莱的诗，春潮就忽然滚滚了，暖得我都穿上了裙子。说来都不好意思，越是上了岁数，却越是喜欢春天。小楼昨夜听见春雨，梦里就回到了杏花江南。

一早醒来，窗外传来布谷鸟的叫声，叫得很是动情，还此起彼伏，立马想起"叫春"那两个字。高低混合的叫声里也分辨不出是年轻的在求偶还是中年的在撒欢，就是感觉很好听，像无数的生命在一起歌唱。推窗望去，门前的树上已开满了白的小花，土里面散发出草香，温湿的风迎面扑来，又想起了"闹春"那两个字，血管里顿时热起来。

儿时被逼着背了好多诗，大半忘记，却怎

么也忘不掉宋人叶绍翁的那两句："满园春色关不住，一枝红杏出墙来。"竟然用了半辈子才慢慢地明白，这"春色"来自地母，孕自天地芳华，怎么可能"关得住"呢？那枝"红杏"长得如此健康茂盛，又有什么"墙"能挡得住呢？"春色"属于大地，"红杏"属于春天。

面对"春色"，"叫"是一种热情的呼唤，"闹"是一种真情的呈现。多谢南宋的那个春天，让叶绍翁看到的不是"东风无力百花残"，而是"一枝红杏出墙来"。他老人家因"红杏"激动了，我们也跟着激动了近千年。感叹春来有风月，人间灼灼红杏哉！

2007年2月的一天，休斯敦的一家报纸刊出了一张令人心颤的照片，考古学家在意大利的蒙托瓦市附近发掘出了一处古迹，一男一女两具骨骸，被埋葬了五六千年后，仍然紧紧相拥。没人知道他们是谁，是什么样的关系，但这并不重要，重要的是人类曾经拥有过这样的幸福。就如同再过一百年，没有人再来问"红杏"为何"出墙"。宋朝的那枝"红杏"，正如同一团燃烧的火焰，映照着古今的息息相通，温暖着人类在暗夜苦旅中探索"幸福"的脚步。

"叫春"的布谷鸟动情，是因为热爱春天；"闹春"的红杏美丽，是唤醒了青春的能量。反观当今的人类，终日与电脑、手机为伴，沉迷在虚拟世界，或旁观痴笑，或逃避遁世。所谓现代人最深的痛苦，就是木然不知"情为何物"，人生忙乱却心无所寄，那种来自生命情感的幸福正在离我们渐渐远去。

于是，有人叹春，有人惜春，还听说日本的年轻人怕"婚"，中国台湾的年轻人怕"生"。苏联有个叫伏罗比耶夫的家伙说过一句名言："爱情和人性是同义语，爱情的秘密也就是人的秘密。"所谓"爱情"，其实就是人性深处生命渴望的一种能力。古往今来，混沌乾坤，人类最终无法"幸福"，或许就是丧失了这"爱"的能力。难怪住在大西洋边上那位老男人海明威不能"爱"毋宁死呢！

惴惴窃喜的是，听说民间已有了"红杏学"。"红杏"的意象正在扩展延伸，先看看这题目：

"两情若是久长时，一枝红杏出墙来！""问君能有几多愁，一枝红杏出墙来！""山重水复疑无路，一枝红杏出墙来！""此情无计可消除，一枝红杏出墙来！""众里寻他千百度，一枝红杏出墙来！""商女不知亡国恨，一枝红杏出墙来！"……

无论怎样，或是"桃花一簇开无主""蜂蝶纷纷过墙去"，或是"春潮带雨晚来急""斜风细雨不须归"，都不如叶绍翁的"一枝红杏出墙来"更激动人心。所谓的"人面不知何处去"写的是伤感，"长恨春归无觅处"说的只是失落，但"好杏知时节"，"当春乃发生"，这里有的既是"理想主义"的召唤，也包含着"英雄主义"的气概。

"闹春"，最终的所指必是百年万树江边杏，岁月飞花满枝头。

真的不想老

年初时，丈夫忽然紧张兮兮地说："记得不？妈妈就是在你这个年纪走的！"我一下怔住了，脚心发凉，悲从心来。在我的记忆里，妈妈老早就花白了头发，感觉她已经活了很久。现在才忽然明白，五十七岁的母亲原来是多么年轻啊！

窗外乱云飞渡，想起了五十岁的那年，孩子才刚刚长大，岁月竟已半百。女人的年华真是短，最好的生命给了孩子，给了家庭，等到可以焕发自己，却发现徐娘老去。五十岁的那年，网上流传的是一个叫于娟的女孩写下的抗癌日记，她在生命的最后一刻写道："活着，就是王道！"一股悲凉的心痛和恐惧立刻就击中了我。

　　五十岁的那天，对于少年老成的我绝对是一个可怕的分界岭。哪怕四十九，脸上的感觉就不一样。这个上下坡的门槛来得迅雷不及掩耳，心里顿时慌乱：我是真的要奔向六十了吗？那天竟然听到了一曲刀郎的《西海情歌》，搞得泪流满面，怎么我的心还能像少女般脆弱伤感？

　　从前的我向来不忌讳年龄，有朋友曾好心提醒："别暴露自己的出生年月啊！"可是我一点都不觉得老之将至，童年的故事就在昨天，上大学时我是班上最小的少年。然而到了2019年，放目远望，真的相信，那个可怕的"老"字已经来到身边。

　　早上起来仔细看镜子，脸上并不是纵横交错，眼睛里依然有青春的火焰。由此我明白，世上的所有人其实都不相信自己的年龄，他们的心理远远比自己的身体年轻。就像我那早逝的母亲，去世的前一年还想穿那种婚宴上的红缎棉袄。

　　开春时整理衣物，好多的新衣还没有摘下

牌子就忽然不能穿了，不是尺寸，是因为太年轻的色调。打开抽屉，里面还攒着好多心爱的发带，可惜岁月早已消融掉我浓密的长发，那些舍不得丢掉的绸带，就像落寞的花儿在暗夜里为我悄悄地祭奠。

很多事都好像来不及做了，准备了十年的灵感笔记，还没等我写成长篇，世界已经流行起了碎片化的阅读。还念念不忘旧日的情感，人家日本的机器情人却已供不应求。人类以加速度的方式滚滚向前，生命的脚步不得不踉踉跄跄。都说中年需要做减法，可眼前的信息爆炸每天震得头痛欲裂。

一直就误解了那句"五十知天命"，其实是知道了自己什么不能做，想要让自己解脱，不敢再以成败论英雄。与其说"知天命"，不如说是与自己曾经的"梦想"和解，那些少年的烦恼、青年的冲动、中年的不服水土，从此都已消减。

关于中年，王朔有一段话："中年是一道清茶。在觥筹之后，人散夜阑之时，一半妥协，一半坚守，两边都让一小步。妥协就成了从容，坚守就成了雅致。从容多了，就会豁达温存地体会一下怨恨之间的不舍以及市井里不精致却扎实亲切的活法。"由此才想到了"中年"的好，不再会捂着被子用眼泪疗伤，不再火急火燎担心着孩子放学没人接，不再为起夜的丈夫忘记放下马桶盖而愤愤不平，不再为职场的拼杀喝着咖啡熬红了眼。生命的"自由"终于来了，这样的"自由"也只有中年才配拥有。

人生只有三万天，有人说它是个遗忘的过程，有人说它是个遗憾的过程，还有人说它是告别的旅程，其实是我们每天往记忆的银行里存钱。人生最大的"好"就是充满了酸甜苦辣，真正能伴随人的灵魂走到永远的财富只有记忆。

感念日本有位百岁佛学大师，他把五十岁当作人生的"折返点"，他认为折返后的下一段才是人生的真自我、真价值。王鼎钧先生有句老话："人生在世，中年以前不要怕，中年以后不要悔。"容貌的青春不在，但自由的青春才真正开始。英国作家莫里斯在《人老了是什么感觉》里这样说:"我喜欢年老,它给了我自由。"

人过中年,不仅可以做时间的朋友,甚至还修来了可以犯错的权利。打算从明天开始,早上不接电话一直睡到自然醒,先赞美一下五脏六腑陪伴自己这么久,再赞美花园里的花花草草。早上读自己喜欢的书,不是那必须要看的书。午餐时收起减肥秤,来一个香辣的臭豆腐,再吃香甜的点心。中午上网看一部好电影,灵感来了,开始写自己最想写的故事,写累了叫来弟妹吃羊肉泡馍,晚上再跟父亲煲一锅电话粥。哪有什么来日方长,想做的事就赶紧去做。时间虽然无法战胜,但好的文字却能够战胜时间。

昨夜一梦,醒来还在遨游,想了半天才确定自己还在人间。感叹地球在宇宙间的微小,我们的肉体更不足道。好的中年,是低成本的慈悲人生,不再要物质的积累,却能求得灵魂上的相契相融,有人在乎,有人守候,有人懂得,收藏起生命里最美的缘。

真的不想老，但也不怕老。近日又听到师友离去的消息，似乎不再那么悲伤。中年的面对，是相信物质不灭，脱离了红尘的灵魂将遨游天空。想起了那年清明，竟忘了给母亲烧纸，晚上母亲就来到了梦中，画面里清清楚楚，她是远游归来的样子，脸上有盈盈的笑意，深情地看我一眼，就又去远行。从此我相信了灵魂，也相信了多维的宇宙。

春花已落，夏风习习，雨后一道彩虹，横跨在深不可测的苍穹。想到肉体的生命虽短，但灵魂的存在会更久远，我们的那些爱，那些思念，都会在远方传递。如果生命走到了尽头，它将会在另一个世界重新开始，或许，那是一种更自由喜乐的存在。如此一想，未等岁月来饶人，我们就先饶了岁月。

第二辑　亲情如海

母亲比我快乐

清明之夜，我竟忘了给母亲烧纸。夜半睡去，母亲竟来了，笑盈盈地看我，还带了好些从前我最爱吃的、穿的。我惊呼："妈，你回来了？"扑过去抱她，她竟泥一样地化了。十多年过去，我不再为母亲流泪，因为我越来越相信灵魂的存在，母亲的"灵"其实从来就没有离开过我。

十八年前，突然想要去看外面的世界，这一"去"就是万水千山。1995年夏天，眼看我就要告别移民闯荡的万般辛苦，忧虑的母亲却在一个黎明前的暗夜闭上了她五十七岁的双眼。隔山隔海，我不能归去！一直牵挂我的母亲终不能等到那张绿色的通行证，更不能等到我那腹中的外孙呱呱地落地。"子欲养，亲不待"，母亲的骤然逝去，成了我海外生命里不能抚平的痛。

人到中年，总是会想起自己究竟从哪里来。生命本是一个链条，一节一节下传，赶在时光的隧道里，觉得自己存在的意义只能往下而不是往上。恍然驻足，才发现血脉的承传却是一个逆反。如今每每照见镜子，分明就是母亲的轮廓，还有日日的吃饭穿衣，甚至说话和思想，都无时无刻不在告诉我母亲与我同在。

母亲走后，我开始惧怕岁月，因为那棵曾经为我挡住死亡的树倒了，我的前面变得如此空旷。树虽然不在了，但那个坑还在，想要活下去的我就常常守护着这"坑"，思念着那大树底下枝枝蔓蔓的故事。很多年过去，终于明白，眼泪已不是怀念，高兴起来才是对母亲真正的纪念。作为一个大时代中的普通女人，母亲的一生虽短，但她从生命里汲取的快乐，其实比我多了太多。

母亲姓骆，生在陕西渭河北岸的一个骆家村。那个地方几千年风调雨顺，家家都有在外面上学工作的儿女。外公、外婆无子，就学着亲戚们努力地供母亲念书。母亲的一个堂姐，早年上的是有名的故市中学，那学校创办时李大钊都写过贺信，不少老师都是地下党，母亲的那位堂姐后来就去了延安。母亲因为年少，十岁左右就赶上了中华人民共和国成立，后来考进了渭南城里的瑞泉中学，在那里遇见了我的父亲。

高中毕业后，父亲考上陕西师范大学，母亲则被录取到西安体育学院。后来两人结婚生子。

对于一个女人，为妻、为母，是人生的重要分界线。结婚后的母亲完全地改变了自己，从我有记忆开始，她的那双手除了讲课时留下的粉笔末，就是用来寻找食物和制作食物。母亲对于食物的热爱，至今想来甚至都有些悲壮的意味。

我每每想起母亲，首先想起的就是她身上那些与食物相关的味道，准确说就是厨房里的味道。那里面有碎肉的香、葱姜的香、米面的香，还有油烟的香，一起融在母亲的身上，窄小得只容一人转身的厨房，俨然就是母亲一生中醉心的战场。

都说儿时的岁月清苦，但我的记忆里却有许多好吃的记忆。也不知道母亲哪里学的本事，她会用石灰给我们腌松花蛋，那蛋真的变成松塔那样的棕色，上面长着一朵朵小花。夏天时母亲用西瓜瓤晒酱，红红的酱汁咸中有甜，比买的面酱还好吃。秋天来了，母亲到处搜集医院里挂吊针的瓶子，把过季的西红柿灌进那瓶子里存到冬天，待到大雪飘飘时给我们做西红柿鸡蛋汤。快到冬天，母亲在后院的墙根下挖一条沟，把萝卜白菜葱埋在地下等待春天。

小时候特别想吃肉，可是每人每月只能分配到四两肉，吃到嘴里的只有加了盐的碎油渣。最绝的是母亲能找来羊油，夜里给我们炸油条，还要趁热吃，否则腥味就受不了。母亲还能找来肉皮，熬成肉皮冻，撒上葱花和辣油，味道真是好。每当快过年的时候，母亲就开始拜托她的学生多方打探乡下哪里有猪头肉的下落，于是，我们家的厨房里就总能蹲着一个麻布包的大大的家伙。

那是世界上最美妙的夜晚，炉子上炖着热水，红红的煤球里插着一根铁棍子，就看见母亲用那烧红的铁棍子烫猪头脸上的毛，再一次次地用开水清洗，最后放进大锅里煮，没多久，满屋就开始弥漫着油气里散出的肉腥腥的香。母亲做的猪头肉很特别，一定要煮到头骨散开，但并没有完全化掉，然后将骨头拣出，再将肉汤滤过，用布包紧了碎肉，压在瓷盆里，冻到窗外去。三十的晚上终于到了，就见母亲从外面抱回大瓷盆，将肉倒出，切成片，拌上葱花姜丝和浆汁佐料，装在盘中，然后从床头下摸出一瓶藏了很久的西凤酒，放在爸爸面前。

到了端午节，母亲不会包粽子，但能找来叶子和江米，再请来街坊邻居帮忙。印象里母亲的手在米水里泡得更加白胖，总也捏不好粽子，只好一次次拆了重新再包。终于全部包好了，夜里煮进锅里，母亲一次次去看水熬干了没有。直到早晨，我们拿出粽子，兴高采烈起来，母亲却坐在沙发上歪着头睡着了。

那年月我和妹妹在西安城里念大学，每逢过节，大家都盼着我妈妈来，因为她总会带好吃的给我们。如果实在做不出好吃的，母亲就用猪油把面粉炒熟加盐，装在袋子里，留给我当"油茶"早点，难怪同学们说我的脸越来越圆了。记得那次送母亲上公共汽车回家，母亲告诉我："听说广东早茶很好吃，等妈将来有机会尝尝。只要妈吃过了，就能给你做。"那些年，我就一直惦记着要请妈去吃广东早茶，但到末了她也没能吃到她想象中的广东早茶。

辛苦八年后回国，给母亲扫墓，黄昏的雨丝将青青的墓碑石板洗刷得尘土不染，上面竟然并列刻着母亲和父亲的名字。鬓发已苍的父亲遥望着绿色的山坡凝神痴想，蓦然回头问我："你在美国可见到有猪头肉卖？"

母亲令我想念的，除了"吃"，还有"穿"。记忆中小时候就没有穿过商店里卖的衣服，老是看见母亲在床上裁裁剪剪。那时候买布是要布票的，母亲似乎总在为"布"发愁。但母亲颇有神通，常常托人从上海买回那种不要布票的花色绵绸，做成夏天的裙子或冬天棉袄上的罩衣。有时布料不够，母亲就把自己年轻时的衣裙咬牙裁掉。

最有趣的是当初我们家的好邻居就是百货大楼里卖布的，母亲就常常拉着我去柜台上看她，其实是想看看有没有那种裁剩下的不要布票的布头。家里的布头攒多了，母亲就给我们做各式的短衣短裤，再剩下的布头她还会做成更小的衣服，送给那些刚刚生了孩子的人。永远记得那一天，母亲正在做饭，百货大楼的阿姨托人捎话说有布头，妈妈就交代我看好炉子，结果我自作主张地烧油，一把浇在右手掌，最后的结果是母亲痛心我半年不能上学，我的心痛却是为了买那治烧伤的獾油花了母亲多少买布的钱。

母亲去世后，我听说前来吊唁的人流排队到马路上，认识母亲的人太多，除了她的学生，楼上楼下，楼前楼后，几乎都吃过母亲做的饺子或煎饼。还有远近的邻舍，但凡年轻的，家里都有母亲送的婴儿服。

有年春夏，我在西北大学筹办西安市高校研究生大联欢，想叫母亲做一件"五四"女学生穿的那种宽袖上衣。母亲苦思冥想，说实在做不了。我出门寻觅，找不到那种月白色的布料，就买了一块雪青色的化纤布来代替。母亲真是愁死了，那晚我就像个宪兵，站在母亲身后，逼她下剪刀。也不知道改了多少次，那件衣服终于做成了。凌晨母亲送我出门，眼里满是红丝，笑得一脸皱纹，向我这个催命鬼挥手。

那个雪青色的小褂，随我漂洋过海，如今还挂在我的衣橱里。虽然永远都不会再穿，但我喜欢一次次看它，抚摩它，说不清是幸福还是痛苦。小小的衣橱间，没有光亮，我盘腿坐在当中，当年便宜的化纤质料在我的手里发热发烫，我仿佛又看见母亲那布满血丝的眼睛。"妈，只要这衣服在，你就永远与我同在！"

俗话说"母女连心"，我跟母亲真的就有神奇的经历。记得是大学毕业，母亲奖赏我一次远游，就近选了川府成都。玩到最后，决定去看峨眉。那天行至山腰，前方郁郁葱葱的便是猴林，果然就遇着一群猴子，正挡住我的去路。偏偏周围无人，我只好擦着路边慢走。快接近猴子时，只见那猴王冲上来，一把抓住我胸前的照相机。感觉就是大白日遇见了歹徒抢匪，我大叫："救命啊！"惊魂中隐约听到远处有人在叫着我的名字，待一群人跑近，最前面的那个竟然是我的母亲！原来是母亲放我入川，告别后坐卧不宁，忽然心动到四川来会女儿。可叹 20 世纪 80 年代初家中少有电话，更没见过手机，母亲就只身到了成都，凭着感应，"掐算"我可能上了峨眉山。再到了山底，才知道峨眉山路有三条，又是"掐算"着选了一条路来找我，一路不断呼叫，果真就撞见了我。要不说峨眉是"仙山"呢！

"仙山"早已远去，时光如水不再。人生最大的痛，其实是"失去"。所以母亲并不"痛"，她做完了自己能够做的所有，真正"痛"的却是活着的我们。想想今天的我，虽然不再需要穷尽黄泉地寻找食物，不再需要处心积虑地积攒布票，贴身的手机叫我不再有任何的思念，日夜陪伴的电脑甚至叫我远离了从前最爱的百货商店，但是，我也失去了母亲那般在生命中殷殷追寻的充实和满足。想想母亲从来没有逼迫过我的学业，她从来不用请客送礼，朴素的日子里她从来不怀疑婚姻，甚至不担心绿色的地球将会变暖。母亲的心，忙碌而祥和，简单而丰盛，她的那种忘我的付出，俨然就是生命本质的终极快乐。念此，不再流泪的我却忽然喜极而泣："妈，我好羡慕你！你比我快乐！"

难舍旧衣

每天快乐地活着，真的不是件容易的事。琐碎的日子里，对我而言，最大的快乐竟是整理自己那一排排堆满了历史尘埃的衣裳。

无数次告诉自己："把那些一年之内没有穿过的衣裳丢弃吧！"但是我不能，别说是一年，就是一辈子再也不穿的衣服我都无数次捧在胸前，比画着对镜子说："你不是衣裳，你是我的记忆，我的生命！"

2011年的清明之夜，我没有烧纸，却是找出了那件雪青色的宽袖宽摆小褂，是当年的那种便宜的化纤质料，修剪成桃型的领边上是母亲细细缝制的针脚。二十多年过去，我就是舍不得扔掉它，一次次地看它，甚至在漂洋过海之后。小小的衣橱间密不透风，几乎没有光亮，我盘腿坐在当中，手上如太阳暖心："妈，只要这衣服在，你就永远与我同在！"

记忆的潮水总是在猝不及防的时候淹没我，说不清是幸福还是痛苦。

早年的时候，好像衣服都是手工做的，感觉母亲的一生都在寻找布料和食物。甚至到了上大学，也都是与商店里卖的衣服无缘。偏偏我又是一个爱穿的家伙，还经常奇思怪想，要穿那种自己想象中的衣服，总是害得母亲对着布料左也不对右也不是。我还是个急脾气，今晚到家，逼母亲说明天就要穿，夜深人静，母亲就只好躲在小小的凉台上点灯熬夜。

20 世纪 80 年代的中国，每天都在巨变，每天都可能发生激动人心的事情。那时的我正在西北大学读研究生，先是发起成立了一个研究生会，然后与西安交大、西工大、西军电等校的研究生会联络要举办全市研究生大联欢，地点就选在交大对面的兴庆公园。那大概是古城西安历史上唯一的一次数千人的研究生大聚会，心跳的感觉就像是"五四"青年。

联欢前夕，我回家求母亲：给我做一件"五四"女学生穿的那种衣服和裙子。母亲很为难，说实在做不了。我自己出门寻觅，因为找不到那种月白色的布料，就买了一块雪青色的化纤布来代替，告诉母亲衣服的领子可以改良，但袖子和下摆一定要宽。母亲真是愁死了，因为她只会做简单的衣服。记得那个晚上，我就像个宪兵，站在母亲的身后，一步一步逼着她下剪刀。不知道修改了多少次，那件衣服终于做成了。我配上黑裙子，真的很有"五四"的韵味。母亲送我出门，眼里都是红丝，她笑得那么开心，向我这个催命鬼挥手。

就是这件雪青色的小褂，每年都挂在衣橱里，我一次次地看它，抚摩它，就好像看见母亲那布满血丝的眼睛。针针线线母亲留给我，如今汇成了女儿无尽的怀念和忏悔！

美国十八年，每次在时装店里流连，我总是徘徊在那些大号的色彩缤纷之间，因为那都是母亲在中国买不到的尺码。抚摩着那一件件绸缎丝绒，泪水就在汩汩地流出：天上的母亲啊，女儿盼望你每天穿一件新衣！

城墙下的怀恋

今天是清明节，脑子里想的是母亲，笔底下却写出父亲，喜欢在城墙下漫步的父亲。

很多年里，我都想写父亲，他是压在我心头上最重的一个人。但是我不敢，其实是不能。就如同画家手里的颜色，任凭他怎样调配，也无法画出森林深处风雨斑驳的一棵老树。

从小的印象里，父亲特别喜欢干净。他每天吃饭的碗要用开水烫过，茶水不超过沸点绝对不喝，也绝不用别人的杯子。全家人很怕他洗脸，足足半个小时，动静很大，满地都是水，嘴里喃喃地好像在祈祷新的一天。母亲最经常抱怨的是他每餐剩饭，不多，只有一口，但坚决不吃，交给母亲打扫，于是，父亲的体重几十年不增也不减，母亲却是腰身渐粗到最后鹤归西天。

　　我最不能理解的是父亲的"懒"，打从记事起，就没见他起床叠过被子，从不洗衣，从不买菜。平生唯一一次见他下厨房是母亲生弟弟住院，他煮了一锅稠稠的挂面，里面一口气打了九个鸡蛋。不过，父亲早年的厌倦家务和远离琐细，却让他后来的生命失去了很多红尘的乐趣，也因此磨损掉了他不少人生的自信和勇气。尤其是在母亲走后，世界陡然虚空，内心无所依傍，他不得不面对柴米油盐，其中的"心"苦，外人难能体会。

　　父亲的家世颇有些复杂。我只知道爷爷是读书人，在乡下开办过学堂，还因此而被纳入国民党，给后来的父亲带来了很大的麻烦。从青年期的天之骄子，到中年时的师道中兴，父亲的大半生都被拒之党组织门外，即便是他最后做了引人瞩目的校长。母亲曾与我说起祖父当年家里藏匿着一缸一缸的菜油，但她痛恨父亲十二岁时就被自家烟铺的伙计们惯会了抽烟。这恼人的烟雾一直缭绕着母亲，直到有一天医生向父亲下令说再不禁烟性命难保。

父亲长得绝不算英俊，但腰杆挺直，走起路来有一种说不出的气韵。小时候学校开家长会，我就总是鼓动父亲去。无论多傲慢的老师，见了父亲都立马矮了三分。我对父亲最大的感激是他喜欢诗歌，高中时父亲把数学讲得就像一门艺术，把个横坐标上的"0"讲到让人流泪，但我依旧是在桌下读我的《红楼梦》。守着一个小镇上闻名的数学大师，连方程式也搞不懂的我常常喜欢问父亲的却是"杜甫家里真的住茅草棚吗"或者是"李白他到底结没结婚啊"。

少年时的日子并不都是美好的记忆。那时候我的老师要不就是特偏心我，要不就是特厌弃我。记得小学毕业时我曾被当众叫起来接受老师的训导，罪名是"过于骄傲自满"！我一路掩面哭泣回家，父亲说："骄傲怕啥？说你骄傲那是说你正有骄傲的理由！"感谢那"骄傲的理由"，一直伴随着我跳级、升学，从海内直到海外，无论是在众目仰望的讲坛上，还是在异国他乡的风雨中。

女孩子最怕"情伤"，偏偏十九岁的我陷入

一场绝望的苦恋。看着青涩的我在自虐的路上挣扎，母亲只有叹息，父亲却说："跨过去吧，我的女儿配得上世界上最优秀的男人！"正是那一"跨"，跨出了我的海阔天空，也跨进了我真正的春花秋月。

我每次归家，父亲从不问学业，也不看成果，他全部的喜悦和满心的爱就在一杯滚烫的茶里，以至于我至今都相信那是世界上最好喝的茶。父亲唯一的教导就是四个字："善者无敌！"我常笑他："你一辈子连蚂蚁都不踩，最终又怎样？"父亲指给我墙上装裱的一个条幅，上面是："行到水穷处，坐看云起时！"

如今的父亲真的是"坐看云起时"了，坐的地点也只有两处，一处是在高耸云天的玻璃窗前，一处是在深积泥土的城墙根下。每次电话里，他都告知："此刻就坐在城墙根下！"我知道，他是在努力呼吸着那座古老城市的最后一份清净，依傍着从历史的砖瓦缝里传导出的厚重和安详。我心里在喃喃："爸爸的生命倚靠在城墙的身躯上，他的生命又何尝不是我们孩子心里依傍的‘背影’？"

所有的旅行，最爱的还是回国。回国的理由只有一个字，就是"想"。甚至想那撩起的灰尘从街面上刮过的味道，想那城墙根下农夫们叫卖瓜果的土香。每次飞机在咸阳古道的乐游塬上落地，顾不得瞭望汉陵土冢的逶迤苍茫，我赶紧叫出租车："快！快！"司机就笑了："看你就知道外头回来的，父母爹娘住在哪儿？"我告诉他："好找，就在南城墙根下，朱雀门外！"

终于又望见那青灰的大方砖砌成的巍峨城墙，虽说时有修补，但那恢宏的气韵是别处没有的。城墙头上少说有数丈宽，能并排开十辆汽车，每个门洞都有好听的名字，比如父亲最爱的"含光门"。城墙外都修了风景各异的环城公园，退休的人就绕着公园玩，打拳跳舞，吊嗓子遛鸟儿，活生生的一个晚景舞台。听父亲说他常来园子里下棋，棋友并不相识，输者交五毛钱，赢了免费，我当然相信爹爹的棋艺，他肯定是很少交钱的。

父亲如今住的楼就立在护城河畔，有

二十七层高。眼睛从城墙上收回，迎面就撞见灯红酒绿的海中霸餐厅，临近的竟是夏绿蒂歌舞厅。乘电梯登楼，四下里皆是商业广告，从女人的脸到男人的马桶，感觉中国已进入超前消费时代。惊喜父亲有手机，父亲说："如今的菜农都有手机！"等候在门廊里的父亲，声音依旧如从前一般洪亮，在空旷里嗡嗡回响。母亲逝去整整十年，我不由得想起苏东坡的悼亡词句"十年生死两茫茫"，但父亲并未"鬓如霜"，他终于走过来了，走到了他喜欢的"坐看云起"的日子。

最欢喜父亲带我去城墙根下散步。进了含光门，里面有一条小吃街，从麦仁稀饭到胡辣汤，从豆腐脑到肉夹馍，家家都是我的最爱。父亲倒不提醒我减肥，只是说："别吃撑了，明天再来！"我嘴里答应着，手里却又买了一小袋红油的米面皮子准备拿回家消受。刚要过马路，忽然回头看见城墙根下什么时候挂了两排彩色的衣裳在卖，忍不住上去挑了一套绛红色的睡衣，袖口和衣边还绣了精致的山丹丹花，在爸爸身上比画，他毫不犹豫地说："好看！好看！"然后补上一句："只能在家里穿啊！"

走累了，就坐在水洗过的花坛上逍遥。面对城墙，我仰起头，古堡式的巍峨默然含情地迎面走来，不，是我向它走去。青灰的砖摸上去依然如往日般清凉，那上面曾经留下我多少年轻的手印，岁月虽然斑驳远去，但记忆不会老去，这大青砖不会老去。

眺望着古城墙的西南角，遥对的就是我当年的母校。回想自己一辈子念书，从来就没有用过功。尤其是读硕士学位，导师管得松，就由着我天天地看小说。夜来无事，常常拽着男友出来爬城墙。其他城门都关了，只有含光门总是开的，沿着斜坡一路上去，立马就能看见古城内外的万家灯火。我就问男友："什么时候我俩也能拥有这一盏灯火？"男友就会拍打着我："面包会有的，一切都会有的！"

想想那时的胆子真大，为了享受那一份甜蜜的静寂，午夜时分还在星空下徜徉。眼前的城墙就像一条神话里的巨船，载着我们远离人间。记得有一个冬夜，正倚在墙头上沉思，忽然想起宿舍里私设的取暖电炉忘记关闭，心里忐忑，很怕出危险，男友叫我在墙上等着，他跑回去照看。我就在高墙上看他奔跑，又见他冒着热气回来，心里就在说："月亮啊，就让我嫁给这样的人吧！"

父亲在后面呼叫我，原来是乡下的菜农来了。我跑过去，真是什么菜都有。新鲜的毛刺黄瓜，刚摘下来的，还带着露水，咬一口甜甜地脆。饱满的豆角，嫩得一碰就折。青菜的根上还留着少许泥土。还有那新鲜的白蘑菇，闻着就觉得口香。我跟爸说："我已经很多年没有吃过这么新鲜的菜了！"爸爸说："我可从来不吃过夜的菜，你看我新买的电视机，出厂日期都是最新的！"

北京姑妈

　　姑妈今年八十七岁了，前几年还能在大洋上空飞来飞去，看望我们这些子侄。今年得了重病，滞留在北京。电话里她的声音还是那么硬朗："不要为我担心，即便将要告别这个世界，此生足矣！"

　　人的生命其实就如一棵树，有的树昂首舒向蓝天，洒下绿荫满地；有的则细弱无形，自顾不暇；有的质地坚硬，岁月年轮清晰可辨；有的则脆弱易折，在风雨中恍惚飘摇。在我心里，姑妈就是一棵饱满丰盛的参天大树。

　　姑妈早年进学堂念书，遇到的老师是地下党。她热爱新思想，渴望改造中国，年方十五就奔赴延安。在根据地，送情报，救助伤员，多次死里逃生。战火中亦孕育出浪漫感情，最难忘那爱慕她的小战士，手里捂着一颗野生的草莓，奔跑三十里给她送来品尝，见面急急塞进她嘴里，她慌忙中一口吞下，对方紧问："草莓是什么味道？"姑妈已说不出，遗憾得直跺脚。最危险的故事是她有一次为老乡出诊回来，发现大部队已经转移，身后是追赶的敌军，情况万分火急，她一个小姑娘辗转跋涉在山坳里，最后终于追上大部队的脚步。最可叹姑妈的母亲是小脚妇人，也不懂延安是什么地方，只知道思女心切，竟然徒步走去延安，吃尽了千辛万苦，还真让她看着女儿了，但是组织上必须马上派人送她离开，在回程路上，突破封锁线时大家失散，小脚的姑奶奶不得已要着饭才回了家。

在姑妈写的厚厚的回忆录中，我读到了一个名叫《白毛巾》的故事：太行山抗日的腥风血雨中，曾有一个抗日战士受伤，养在一户村民家中。敌人搜索，村民女儿将战士救出，家中其他老小都被杀害。战士伤好时，姑娘交给他一条白毛巾，期望战争胜利，战士拿白毛巾回来找她。可是这名战士又在战争中受了致命伤，临死前将白毛巾交给姑妈，拜托姑妈代他前去找那姑娘。战士牺牲了，战火纷飞，茫茫人海，那姑娘又在哪里？是否还在痴痴等待？姑妈未能完成嘱托，终生耿耿于怀。姑妈早年的未婚夫在延安时被国民党杀害，姑妈转战太行山区，烽火中嫁给了当时在刘伯承手下任八路军太南办事处第一任主任的姑父。姑父是北平大官僚之子，十七岁去日本留学，就读东京医大，"九一八"事变后，毅然回国参加抗日救亡运动。我的眼前，常常出现娇小的姑妈骑着毛驴冲过封锁线的镜头，我怎么也无法将那电影般的镜头与眼前的这位慈爱优雅的老人联系起来。我对姑妈说："您的这一生真是波澜壮阔，经历了 20 世纪最丰富的人生，虽说坎坷多艰，却是值得！"

在很多年里，北京城是与姑妈连在一起的。我十三岁那年冬天，父亲同意我独自踏上北去的列车，第一次到了北京。在王府井对面的台基厂小屋里，姑妈为我滔滔介绍北京的名胜，高大儒雅的姑父拉着我看他的藏书。天哪，那红木的大书架里竟然藏着那么多好书！现在回想起来，那是我一生中见到的最典雅的书架，书架上每一个特制的盒子里都放着一套中国古典名著，小小的我是多么想把那书架里的书都一口气读完哪！

寒风中，我第一次走进天安门广场，激动得转了好几个圈。到了晚上，我睡不着，想起那首"不到长城非好汉"的诗，可是姑妈不让我一个人出门，怕危险。我就悄悄地与家里帮厨的三姨商量："你帮我弄点吃的，明天我去长城，等我悄悄出了门，你再告诉他们！"可爱的三姨真的就帮我准备了吃的，凌晨送我出了"远门"。

那是我少年时最难忘的壮举，头上包了一条绿色的纱巾，独自登上了八达岭。冬日的长城内外几乎看不到人烟，草木衰黄，天色苍茫，只有我一个人在拼命地爬着，一定要爬到最高处，做一条"好汉"！那高高的烽火台是我的目标，俯瞰长城内外是我的理想，一个十三岁的小女孩，竟然完全没有畏惧，毫不退缩，就那样一口气登上了制高点。

在北京的夜里，博学的姑父与我谈文学，尤其是谈鲁迅。他告诉我："鲁迅是真正的大师，你若读懂了鲁迅的书，就读懂了中国！"从那时，我心里才开始有了一个愿望，就是要读懂鲁迅的书。后来我念大学，真的就迷恋现代文学，再考研究生时，所选的专业正是鲁迅研究。

到了三十岁那年，中国大地风起云涌，我和先生都不甘蛰居在古城的一角，我跑去北京考了博士，姑妈却支持先生出国留学。于是，在美国堂表姐们的热切担保支持下，我们顺利地来到美国，开始了一轮新的闯荡。

刚落脚的日子，姑妈正好在休斯敦，不断为我指点迷津，帮我一步步走出困境。我至今还记得姑妈与我一起为明湖大学的学生包饺子的情景，她一生很少做饭，却为了我能挣到第一笔钱，拼命地帮我剁肉、剁白菜。直到买第一辆旧车时，还差五百美元，姑妈马上掏给我。她是那样慷慨的一个人，这些年无论是城里还是乡下来的亲戚，无论是在北京还是在国外，她都是倾囊相助，希望每一个人都能过好。她在"文革"时曾收养了老战友的女儿，如今也都成了我的姐姐。

年过八十的姑妈，精神总是那样好。我每次去见她，都会给她带些好书，因为她爱书如痴。平日里练书法绘画，写一手好字。在北京的楼台内外，老人家养了无数的花朵，美丽的绿手指，真是养什么活什么。那一年她来休斯敦探亲，我把她从表姐家接来我家小住一周，姑妈就天天帮着我浇灌屋里屋外的花草，还特别为我数了数，说是有七十二盆之多，我笑答那都是孙猴子拔毛的七十二变。

如今姑妈病了，好想飞回去看她，再听她讲那从前的故事。最是记得姑妈说的一句话："我们这一代，当年投奔革命完全是为了一种理想献身，是为了更多的人过上好日子。"

你是我的光

　　我喜欢在夜里走路，总觉得白日的那种亮太晃眼，看不清心里想看的东西，倒是在夜里，周围渐渐黑下来，心里想要看见的故事和人就能一一浮现。平日里想得最多的并不是父母，也不是红尘男女，却是那些曾经的老师。

　　这些年，就一直在思量，怎么自己遇到的老师都有些不寻常，如同在神秘的夜路上，他们就恰好立在我要经过的地方，举着灯引我前行。这些灯有的如萤火虫般微亮，有的如火炬般炽热，但都好像是早早地排定，接力般照耀，让我从未有过茫然独行的寂寞。

　　五岁那年，是 1967 年，父母忽然去北京"大串联"，把我丢在乡下外婆家。了无生趣的我有一天躺在水渠里，差点被洪水冲走，于是被破例送进村东头的小学堂。那校门窄得两个人都挤不过去，打铃的还是个哑巴，我人生的第一个教室竟然在一个露天的土台子上。因为天冷，来上课的女老师用三角围巾包着脑袋只露出两只眼睛，以致我到现在也想不起她真正的模样。但她露出的两只眼睛却闪着"伯乐"的光，一眼就看到我，叫我站起来数数儿，我数到一百，她拍了一下手说："我不教你了，直接去二年级吧！"从那以后，我老是比同班的同学小很多。

六岁时我回到城里念小学三年级。教我的语文老师是一个年轻漂亮的东北女子，姓崔，声音尤其清脆，一说话，再调皮的男同学都直直地看着她。早读时学校要求背诵毛主席语录，可是胆大的崔老师却偏要教我们背诵毛主席诗词。教室里有风琴，她还为我们弹唱《雪》《咏梅》，后来我学写文章，开篇总是"北国风光"，结尾就是"山花烂漫"。

进了中学，语文老师忽然都成了男性。我的第一个班主任姓王，长得实在不英俊，娶的太太却如花似玉。他讲课的语调很慢，估计自己都快睡着了，但只要讲到《狂人日记》，立马精神抖擞。这样一个"慢郎中"，指令我在班上成立一个"鲁迅学习小组"，专门讨论祥林嫂和孔乙己。我后来读"鲁迅专业"的研究生，显然是受到这位老师的影响。

高中时遇到的另一位男语文老师，姓寇，一派儒雅之风，冬天再冷，也不穿棉鞋，脚上永远是一双黑绒面的布鞋，走起路来清清爽爽。可叹他三十多岁，却是单身，住在学校围墙边上的宿舍里。我喜欢去他的小屋，泥墙上糊着报纸，排列着高高低低的书，有些还是线装的，要用竹签翻看。寇老师的书，一般人不能碰，但我可以，只是每次翻书前要先洗手。老师并不鼓励我看杂书，只是希望我多认字，甚至要我背写《新华字典》。高一那年我在《西安日报》上发了小文章，别人多称赞，他就指给我哪些文字不够好。到了 1977 年，我被推荐破格考大学，他第一个在学校里发现了我的录取通知书，大步流星地来报喜，我感觉他的喜悦真是超过了我的父母。随后他被调去山东大学的《文史哲》编辑部，临别时特别送我一部《难字表》，还惦记着叫我多认字！

1978 年 2 月，原本准备着要下乡当农民的我忽然成了西北大学中文系的学生。因为年龄最小，古典文学老师布置关于《诗经》的作业时，别人分析《虻》，我只能分析《硕鼠》。大学老师中最难忘的就是那位教"鲁迅研究"的张华先生，他北京大学哲学系毕业，1956 年来西北大学任教，上完第一堂课后就被打成了"右派"。记得那天张先生站在讲台上默立了好久，才说："这是我一生中讲的第二堂课！"女生们当场都哭了。下课时，张先生对我说："你只要把鲁迅弄明白了，就能明白中国。明白了中国，才能研究中国的文学！"我在大学毕业后，真的就投在张先生的门下，读完了"鲁迅研究"

的硕士学位。

1982年夏天，那是我第一次看到大海。辽宁的大连举办现代文学讲习班，前来讲课的专家有唐弢、王瑶、樊骏、马良春、钱谷融、陆耀东等，年轻的我就像一块干燥的海绵，每天都在极度的兴奋中吸收着来自讲坛的甘露。有一天上台的是林非先生，他挺拔高大，一口南方普通话听得真真切切。他讲的题目是《中国现代散文史》，那个上午，"散文"两个字就一直在我眼前发光，我几乎爱上了现代文学史上所有的散文大家。当晚我去拜访林非先生，聊鲁迅，聊周作人，聊胡适、林语堂、梁实秋、徐志摩，深深记得林非先生说："小说可以虚构，但散文却是赤子，水管里流出来的是水，血管里流出来的是血。"

说来奇妙，念大学时我曾喜欢两本小书，一本是《萧红传》，一本是《庐隐传》，作者叫肖凤。就是这两本小书让我豁然开窍，原来文学总是与人生的坎坷不幸相连。"五四"是中国的启蒙，也是我的启蒙，中国的现代文学，就这样融进了我的生命。大学毕业论文我写的是《论庐隐》，随后的一篇是分析萧红小说的语言艺术，发表在 1983 年第 4 期的《社会科学辑刊》。而这个在冥冥当中引领我的肖凤老师，竟然就是林非先生的夫人。

北京，历来就是风里有歌、云中有雨的地方。但我的爱北京，不是爱繁华与喧嚣，而是隐居在这座城市里的人。1991 年夏天，我代表陕西学界赴京参加鲁迅诞生一百一十周年纪念大会。白天，我们在怀仁堂里聆听鲁迅的启蒙主义，晚上，约了学界的好友与王富仁先生喝酒。富仁师当年在西北大学读硕士，所以常能看见他拿着烟蒂苦苦思索的样子。这位出生在山东的汉子，一脸憨厚，却能精读俄文原版著作，只要开口讲话，立刻迷倒一片。我当年的硕士论文《论鲁迅小说人物的恐惧意识》，他总是不太满意，批评我挖掘集体潜意识不够深。我每次面对他，都只能是高山仰止。

到了 1992 年，在东去北京的列车上，行囊里虽然装满了赴京赶考博士的书本，我却无心打开。坐在身旁的丈夫，一面研究着美国大学刚刚寄来的录取通知书，一面研究着赴京签证的策略。眼看生活将要改变，却不知谁胜谁负。

那年的考试，到了最后复试的当天，丈夫突然来告知他已拿到了赴美签证。和蔼可亲的林非导师就端坐在面前，他只问了一个题目："什么才是写好散文的关键？"但我已心乱如麻，知道自己的博士之路从此梦断。

踏出国门前与林非导师告别，他殷殷相告："成为一个写作者比成为一个学者更重要！"可我的心愿是研究散文，从来没有想到过自己要去写散文。林非导师似乎看透我的心迹，再直言："散文，对你来说不是一个理论问题，而是如何实践的问题。"

他乡望月，最初的流浪很苦，远离了学术，远离了文学。就在我徘徊迷茫之际，林非和肖凤二师一起写信关心我，信中最激励我的一句话是："你应该写作！"对呀，只要我拿起笔，眼前就是异域生活的冲击，就是移民生涯的甘苦！散文，这个最让我迷恋的文体，在异国的暗夜中带给了我焕发生命的希望。

感谢 1998 年，第一部域外散文集《走天涯——我在美国的日子》在北京出版。这本蓝色忧郁封面的小书几乎是与我的孩子一起孕育而成。作为一部刚刚睁眼看世界的作品，很不成熟，但林非导师毅然为我写了长序。他在序中特别肯定了我感悟生活的灵气，善于在情感和形象的天空中飞翔，而且殷殷期望我向着更高的目标和境界冲刺："随着瑞琳在美国的土地上继续深入地观察、体验和感悟，相信她一定会告诉自己同胞更多充满人生况味的异国他乡的故事。"

很快地，我的足迹走出了美洲，开始周游世界。从加拿大到墨西哥，从西欧到北欧，随着视野的改变，文字也渐渐厚重起来。2003 年，《"蜜月"巴黎——走在地球经纬线上》在天津出版。新书刚刚到手，我一路飞奔送到林非导师家。登上五楼敲门，然后笑语声声。肖凤老师给我做她最拿手的红烧肉，满满的一盘，烧得油亮，真是好吃极了。饭桌上，林非导师再送我他的新作，一部《读书心态录》理性深邃、温润如玉，一部《火似的激情》才气驰骋、精诚飞扬。看着他满头岁月的华发，研究和创作的热情依然如年轻人般奔放，一束温暖的光照进我心里。

回到美国，立刻收到了林非导师创作的一篇亲情美文《离别》，是写他们如何送儿子远赴美国读书。文章的最后一段写母亲肖凤回到家，摸着儿子早晨还睡过的被褥，那种告别的伤痛让我的眼泪也哗哗地流下来。"从今以后她会天天关心着芝加哥这陌生的城市，思念着儿子正在那儿干什么。她会永远悬着一颗心，祝福着那像谜一样遥远的地方。"我特别感慨林非先生在文章中的那句话："是啊，总得这样一代代地活下去，总得让年长的一代，去咀嚼人世间这苦涩的滋味。"随后就看到了好些评论，在比较这篇《离别》与朱自清先生的《背影》，真是两种背影，折射的是两个时代，却都是描写刻骨亲情的经典。

都说春江水暖，看到海外的华文创作如野火般正在燎原，激动的我开始重操旧业，为同代的作家撰写评论。2005年春节，我给林非导师写信："在海外，从事华文文学评论的人太少了，我应该担当起这个使命。"林先生立即回信："天降大任，你的心从来就没有离开学术，为自己的目标努力吧！"就在2005年秋天，《一代飞鸿——北美中国大陆新移民作家短篇小说精选述评》在纽约举办新书发布会。2006年《横看成岭侧成峰——北美新移民文学散论》在成都出版。丈夫笑我："不为职称，毫无报酬，你何必这么辛苦呢？"没办法，文学，已注定成为我生命的灯塔。

2009年，新书《家住墨西哥湾》获得了全球"中山杯"华侨文学奖的散文优秀奖。我走下颁奖台，赶紧将新书寄往北京。因为我可以想象，林非先生肯定会把这部新书摆放在他的案头，然后微笑着说："看看，瑞琳选择写作真是太对了！"虽然我终未成为林非先生的入室弟子，但感觉里却好像早早就是他的学生，林先生为我付出的心血和期望甚至比别人更多。

天演时逝，岁月蹉跎，终于到了"天命"之年。回头一看，恍然明白：生命里要走的路其实是在那些"缘"的机遇里早就铺好了，而站在那些"缘"点上的便是一生所遇到的"师"。正所谓父母生养我身，老师滋养我心，塑我灵魂。

世上有一种唱不出的歌，只能深深地埋藏在心底，因为一旦开口，很怕唱错了那神圣又温暖的调子。世上有一种雨，只要下过，就会让贫瘠的土壤湿润发亮。我，夜色中怀想那一个个如灯如火的师恩面影，心里总在默默说："感谢天命有你，幸运如我！"

爱情物语

人的一生，最难忘的还是爱情。曾经有个叫伏罗比耶夫的家伙说过一句名言："爱情和人性是同义语，爱情的秘密也就是人的秘密。"

因为"爱情"是"秘密"，所以它的到来也是秘密的，甚至是无法预知的。或许在小的时候，或许在少年、青年、中年，也许会到了老年。有的人可能一生都不会遇见爱情，有的人也可能一生遇到好多次爱情。但不是每一场爱情都与婚姻相关，或者说有些爱情原本就不属于婚姻。最后能够走向婚姻的，需要的不仅仅是爱的勇气，更是努力修炼后的智慧。

说起来，我的"爱情"应该是从五岁就开始了。那年母亲把我送到乡下的外婆家，因为我是村子里唯一穿连衣裙的小姑娘，就常常被那些大大小小的男孩子欺负。后来去了小学堂，就有一个大两级的小哥哥每天在上学路上悄悄保护我，回家的时候他还会在路边采一把狗尾巴花给我。小孩子家也没什么话，最多就是他看着我笑笑，但我知道他在保护我，也知道他喜欢我。我离开乡下的时候他正在土坡上给我烤麻雀，远远看着我坐上了母亲的自行车。我至今能记得，他的双手都沾满了黄泥。

后来在城里念小学，一排大平房很冷，我志愿给大家早早生炉子，因为我心里有个小秘密，就是我喜欢班上的数学课代表，他每天都来得特别早。这个数学课代表吊儿郎当，但就是数学好，什么题也难不住他。每天我第一个到教室，他很快就来了，在教室里乱转悠，一副满不在乎的神气，我们也从来不说话，偶尔有目光对视，我竟然那么开心。他是永远不会知道的，尤其是不知道我为什么那么喜欢早早来生炉子。我几次默默祈祷老师分座位时把我与他分在一起，可是老师总是把学习最差的同学分给我。小小少年的烦恼很多，如今想起来觉得自己好可笑!

转眼到了中学,全年级有六个班,最让人懊恼的是怎么别的班的男生都比我们班的男生长得帅!又过了半年,还发现别的班上的男生也比我们班的男生优秀,这个发现实在是对我的重大打击。如今想起来,才突然明白自己那个时候为什么活得没精打采,为什么天天猫在角落里读"禁书",还学着写小说写诗。

一次放学回家的偶然,与我同行的是班上一个喜欢吹笛子的男生。他特别能讲,到了他家门口还邀我进去。记忆中他家有很多音乐方面的书,我几乎没兴趣,结果从他家出来,周围却埋伏了好多同学,嗷嗷地叫着,还有人打口哨,吓得我一路狂跑,搞得后来我和他一碰面就躲。

恹恹的高中没有念完,突然就上大学了,终于如愿可以每天看小说。古老的西北大学曲径通幽,最大的好处是理科文科生混杂,每个系的学生风格迥异,尤其是在操场上,或者比赛场上,好看的男女比比皆是。我因为在班上最小，虽说受宠，却很少得到男生们的关注。那时候的校园到处都是青春风景线，稍不留神，路上就看见英俊的小生走过来，直觉里1977级、1978级的帅哥特别多。记忆里的那个文科阅览室，我竟然也发现了自己喜欢的身影，也没什么理由，话都没有说过几句，纯真得像一张白纸，什么都还没写，就匆匆毕业了。

之后的日子很动荡，命里注定有些苦涩。要准备考研究生，也遇到一些奇妙的人。世界开始变得浑浊，或者是我单相思，或者是他人来单相思我，初涉人世，满目苍凉，却也懂得了古老的悲伤。那些斑斓的记忆至今辨不出是鲜亮还是浊苦，只能慢慢地嚼着"少年维特的烦恼"，感觉爱情其实都是幻梦一场。

或许是爱情故事读得太多，让我从来就不相信"谁是谁的唯一"，因为一个生命的诞生原本就是一个极大的偶然。早年的时候很少想到婚姻，知道这个圆很难画好，坚信在那小小屋檐下，是每个人最难毕业的学校。后来才慢慢明白，婚姻也绝非是爱情的坟墓，婚姻的美，正在于有担当，尤其是知难而进，勇敢地把两个完全不同的齿轮磨合在一起，共同向着生命的终点滚动。

记得每次去参加婚礼，我都不太敢祝福新人"白头偕老"，觉得这个祝福太沉重，太不容易。现在也有不少年轻人听到"婚姻"就怕，我想是怕那齿轮的摩擦滚动，必然飞溅出疼痛的火花。但是，对于我们这些短暂的生命，活在这世上最美的故事，并不是什么改天换地，而是两个完全陌生的人因为相爱而彼此欣赏，彼此给予，彼此修正，彼此成长。

认识我的先生实在是个偶然。那是念研究生的第一年，有个周末，担任研究生会主席的我需要为当晚的联欢会找一位灯光音响师，情急之下径直走进物理系研究生的宿舍，迎面碰到一位，他立马就答应了。那天的晚会非常成功，看到他忙到满头大汗，于是我记住了他的名字。

读研究生的第二年初夏，导师要派我去北京搜集现代杂文史资料。我到了火车站，前面是大排长龙，眼看买票无望，忽然看见了他就站在队伍的前面，一问也要去北京，赶紧拜托把票买在一起。

上火车那天，远远看见他用网兜提了一个大西瓜，呼哧哧说是怕我路上渴。那一刻，我仔细打量他，身上穿着最普通的蓝布外套，里面却醒目地露出雪白的衬衣领子，干净而清爽，尤其是说话的声音好听，一脸理科男的真诚。一路细聊，他说自己喜欢画画，曾经手绘过一本小儿书，可是做物理教授的父亲希望他学物理。我也开讲自己的故事，好像还背诵了几首诗。很多年之后，我们的这段故事被儿子戏称为"西瓜之缘"。

最难忘那日相约去颐和园，中午租不到船，天色将雨，划船的人都回来了，我们就去斗胆租了一条，结果船行在湖中央，大雨就倾盆而下，他赶紧把船划到十七孔桥洞下，脱下自己的衣服给我披上，虽然里外湿透，但还是能挡风，我们就只能在那个桥洞底下彼此取暖，雨很大，但我竟然一点也不害怕，一点也不觉得冷。

　　从北京回来后我们开始正式约会。因为没
什么钱，他从来不请我去餐馆，也不会买礼物
来送我。我们只是用双脚在夜晚中把古城里的
每一条路踏遍，把城墙上的每一块砖数过。路
灯升起，相约在大西门外，城墙根下的烤羊肉
一毛钱一串，两个人各吃五口，一块钱的腊肉
夹馍，一人半个，再买五毛钱的米面皮，最后
数出十个分币，买一包晒干的柿子皮，一路慢
慢地嚼着。

　　下决心要嫁他是在研究生的最后一年。他
忽然在校园里消失，当我在郊外的一所临终疗
养院里再见到他的时候，他正背着癌症晚期的
母亲在院子里散步。我立在那个大门口，阳光
下泪流满面，惊呆到说不出话来，他的脸上安
静又坚定："我要为父亲分担。"

　　翌年的春节，他骑单车一百多里去见我的
父母。母亲兴奋得在楼口不断张望，邻居们都
奇怪地看这个准女婿怎么只背着一个绿书包，
车头上也不见烟酒。进到屋里，他从书包里掏
出一个打羽毛球的网子，脸涨得通红："听说你

们家喜欢打羽毛球！"

我们结婚的那天没有通知亲友，害得母亲缝了好多的绸缎被子堆在校门口都找不到我。真正好笑的是我用全部的存款三百元在街上买了一个劣质床，才用了几天就断了横梁。婚房是学校的单身宿舍，我在走廊里做饭，屁股总是撞着穿行的人。母亲来看我，一面捂着嘴巴不敢呼吸，一面笑我的床怎么这么不经睡，让我们俩好尴尬。

1992年冬天，我扛着一堆瓶瓶罐罐从中国飞到美国北方的一座大学城。先生给我看公寓里自家用的厕所和厨房，我坐在毛茸茸热乎乎的地毯上几乎喜极而泣。很快，我们的账单上第一次有了一千美元的"巨款"，随后买了人生第一部老爷车。在新大陆的土地上，有了太多的"第一次"，串起来的故事正构成一部苦涩与欢欣、失去与得到的命运交响曲。

有人说婚姻是令人窒息的城堡，有人说婚姻是磕磕碰碰的险滩。两个不一样的生命，目标却要"求同"，这就是难题。我的这位"理工

男"，善逻辑，讲数量，我不能及。这些年最怕
请教他学电脑，常常被鄙视，因老是记不住而
深感自卑。我更大的弱点是完全没有量的概念，
炒菜不是咸就是淡，煮稀饭不是稠就是稀，永
远不能刚好。所以每次家里请客，后果都是舆
论界大大地同情他。饭菜的质量不重要，重要
的是他每天要监督我少吃。他自己怕辣，但我
喜欢，如果我生病，他做菜肯定是拼命放辣椒。
家里切杧果，中间的那一片塞牙，他就抢先吃，
让我笑他牙缝里都是黄丝丝。

这些年，我们养成了晚饭后散步的好习惯，
无论刮风还是下雨，即使冬天里很冷，戴上帽
子围巾手套，也要出去走走。因为散步的意义，
是交换这一天最重要的各种信息，或者聊聊孩
子，聊聊亲人的健康。平安无事时，就说说某
一个电影或者某某人的小说。

一个真正爱你的人就是希望你就是你，完
全自然地呈现，让你做回你自己。我喜欢的婚
姻是即便不刷牙、不梳头，也能彼此面对，心
灵的成长与激荡时刻都在发生。我所羡慕的夫

妻并不是什么夫唱妇随，而是那种每天有太多的话急着要讲给对方，甚至会引发激烈的争论，但因此得到了丰足的滋养。

早上睡到自然醒，先进厨房，唤醒我的并非食物，却是厨房窗台上的插花。一个浅浅的三角花器，先生喜欢在上班前跑步，顺手摘下几枝自家院子里的植物插在里面，于是，新的一天开始。

有次全家聊天，儿子问他爸爸："你的理想是什么呢？"他爹就嘿嘿地笑着，说："我的理想就是分享！"这让我想起了过年时飞起的炮仗，我的这位先生，很像那点炮仗的人，他喜欢点燃别人，让别人发光，而他，怡然立在暗色中，做一个默默的欣赏者。

岁月真的如梭，很害怕老之将至。周末看了一部新电影《时光尽头的恋人》(*The Age of Adaline*)，说的是一个女子在车祸后永葆青春却痛不欲生，因为她只能无奈地告别着身边的一切而无法同行，她的女儿竟形如她的妈妈，最后爱上她的男友却是当年未婚夫的孩子！我低头走出影院，感慨自己能够与身边的一切一起变老原来是这么幸福。

一直就不喜欢"相依为命"这四个字，太孤独，太凄婉，缺少一种内心的强大。又想起电影《霸王别姬》里程蝶衣说的那段话："我说的是一辈子，少一天，一个时辰，都不是一辈子！"但事实上总是有一个人要先走，不过，若想到无论谁先离开世界，都会知道那个人将在另一个世界来找你，也就超过了"一辈子"。

猜想大多人不敢面对死亡，其实是因为生命里有太多遗憾。但如果你觉得这一生就是你想要的，下辈子即便重来也还是经历着同样的生命轨迹，死亡也就没什么可怕了。

写给你的生日

亲爱的儿子:

　　明天就是你九岁的生日,你一直在欢喜地等待着,等待着我们为你庆祝,等待着一份惊喜的礼物。可是,直到今天,妈妈和爸爸还在犹豫着是否应该给你一个生日的许诺。你敏感的心总在提醒我:"不要忘记我的生日啊!"亲爱的孩子,我们怎能忘记这个盛大的节日,我们的激动与欢欣还更要超过你啊!

　　上个周末休斯敦来了一个大诗人,为大家念他写的诗。其中最短的一首名字是《母难日》,他的白发遮在瘦尖的脸上,声音却是孩子般的清脆:

　　　今生今世

　　我最忘情的哭声有两次

　　一次，在我生命的开始

　　一次，在你生命的告终

　　第一次，我不会记得，是听你说的

　　第二次，你不会晓得，我说也没用

　　但两次哭声的中间啊

　　有无穷无尽的笑声

　　一遍一遍又一遍

　　回荡了整整三十年

　　你都晓得，我都记得

　　我听他念到最后一句的时候，流下了眼泪，因为我想到了你的生日，想到了你来到这人世的第一声啼哭。九年过去，我怎么也忘不了三个月的你天天晚上是趴在我的胸口听着我的心跳入眠，疼你的父亲将喜欢啼哭的你夜夜扛在他的肩上吃完他的晚餐。你曾经问妈妈："我小的时候真的爱哭吗？听说警察都来咱们家啦！"是啊，我们那时真不知道该怎样对待你这个小小"夜哭郎"，夜里在高速公路上为你奔驰，打开收音机里的杂音为你安眠。但你还是要用哭声表达身心的强烈痛苦，妈妈可怜无奶，瓶子里摇晃的奶水你又不肯下咽，你的胃在抽搐，小手在颤抖，没有药可以安抚你，我和爹爹就只有随着你的哭声轮换着在地板上弹跃。邻居为此而招来警察，开门时他看见我们一头的汗水和一脸的愁容，竟然挥挥手叫我们保重。最后是水管里的哗哗水声救了我们，你属牛，也许就是水牛，听到那高山的流水，你竟然就安静了下来，只是后来我们不堪水费，就特别为你录了水声放在耳畔，你的耳朵真灵，磁带听旧了，便立刻大声哭喊着叫我们为你重录。

为了养你，妈妈常常觉得好累好累。你问我："为什么我会生得这么晚？"我的孩子，妈妈真是无力养你，那年月妈妈在大学里教书，每个月挣一百二十元。爸爸、妈妈结婚，立志不要家里的钱，可是每个月才攒五元钱，好不容易才攒了两百元，买一张床就要三百元。我们真的不敢生你。

你再问妈妈："为什么你在来美国五年后才

生下我呢？"孩子，你怎么可以想见爸爸妈妈刚来美国的日子！爸爸从奖学金里省出一千美元用在了妈妈身上，一个刚来美国才两个月的我，乘着陌生的"大灰狗"，告别了北部的冰雪，只身来到休斯敦闯荡。那时候美国经济萧条，妈妈找遍了中国城的所有餐馆，但是没有一个老板肯要她。为了能当一个小婴儿的保姆，妈妈平生第一次骗了人家说自己养过孩子，结果是三个星期后被解雇。你可曾知道，妈妈为了挣钱，为明湖城里的大学生包饺子。太阳底下，妈妈也曾端着自己包的饺子在商场门口叫卖，可惜那冻好的一个个饺子竟然在高温下黏成了面团。妈妈没有眼泪，一个好心的台湾留学生把一部相当不错的车以一千五百美元卖给了妈妈，条件是他要用到最后一天而由妈妈从机场开回。我的儿子，你知道妈妈在北部的小镇上拿到的是一个最不真实的驾照，从来没有上过高速公路。可是你的妈妈，为了回家，咬牙将车子开上滚滚洪流之中，她几乎是用一场生命的代价换回一个巨大的喜悦，那就是她从此可以去餐馆打工了！

亲爱的孩子，在你的父亲用最快的速度读完书，在妈妈不再为钱发愁的时候，你终于来到了我们身边，那一年，妈妈和爸爸已经三十五岁。

孩子啊，你先是带给我们哭，然后是笑。两岁的时候你跟我们回中国，四岁的时候我们乘船去墨西哥看海，五岁时登上欧洲的阿尔卑斯雪山。还记得去年的圣诞，全家去科罗拉多州滑雪，妈妈带着你去上滑雪课，你的小腿立刻就学会了旋转，可妈妈却重重地摔伤了肩膀。爸爸的爱更在每一天的点滴之中，他这些年无论早上再忙，都要为上学的你蒸一碗蛋羹，每天晚上，无论他再累，都要牵着你的手散步。我问他："养儿累不累？"爸爸竟然说："难道你没觉得现在是儿子在陪我们吗？！"

是啊，儿子，现在真的是你在陪妈妈了！其实你早在躺在摇篮里的时候就陪着妈妈去采访，两三岁的时候就会帮妈妈送报纸，就在昨天你还帮妈妈拉了一个广告呢！你最知道妈妈手脚笨，尤其是面对电脑，可如今你是妈妈最好的帮手，多少次，就是经过你的小手，妈妈把写好的文章发送了出去。妈妈英文讲不好，你又是妈妈的好翻译，带着你，妈妈走到哪里都不怕！

每天早上，当你去上学的时候，妈妈我就在屋内走遍每一个角落，静谧的空气撒满了你的气味，随处可见是你的印记。想当初这房子就是为你的降生而买，在你蹒跚学步的时候，闪光的瓷砖地上铺满了我和爸爸冬天用的被子。钢琴、棋盘、矮桌、电脑，还有小杯子小碗，留下了多少难忘的记忆！我心里说："儿子啊，即便你将来走了，我也不会离开这房子，因为这温暖朴实的旧屋是我们与你共同生命的美好见证。"

亲爱的孩子，在你九岁的日子，爸爸、妈妈想告诉你的是：在这世界上最宝贵的不是礼物，而是一份来自生命的爱。我们将来不会给你留下钱财，但我们留给你的是血脉与心灵的相通，是用我们的身躯为你铺垫出的希望。相信这份永恒的爱才会让你终生享用不尽。

　　请接收妈妈的这封长信，以此祝你生日快乐！

送你没商量

凌晨的休斯敦机场，光线忽明忽暗，空气里有刚苏醒的味道。这是 2015 年 6 月的一天，起得这么早是因为要飞波士顿，去参加儿子的高中毕业典礼。

飞机还在嗡嗡地酝酿情绪，我靠在舷窗上假寐，先生递过来他背后的小枕头，塞在我的脖下，心里一热，睡意竟没了。说起来我算是一个"虎妞"，属虎，没想到嫁的这位先生也属虎，都说二虎相斗必有一伤，难怪我的婚姻里总是不能平静。先生曾感叹："老虎什么时候也会风情万种？"我回他："河东才有'狮吼'，'虎啸'是义薄云天。"

当年结婚，先声明养不了孩子，不是养活，是怕自己养不好。两只老虎一路在战斗里成长，炮火中走过八千里路云和月，如今落脚在墨西哥海湾的水畔。三十三岁那年，远在天边的母亲骤逝，感觉海天塌陷，世界顿时空旷，已近"高龄"的我，受伤的心口忽然渴望一张粉红的小脸，生命的链条里似乎需要一个婴儿的期盼。

　　广播响了，还没转过神，飞机冲进了云霄。先生问我："还记得十八年前咱儿子出生的那一天吗？""当然记得！"那种撕心裂肺的日子怎会忘？都怪我逞强，想要自然生产，结果是痛了十八个小时也无力分娩，到了黎明前的黑暗，眼睛里布满血丝的产科女医生要我做最后一搏，看看我已到了极限，丧气地说："剖腹！"犹记得麻醉师做完麻醉，我竟浑身颤抖，也没人问我保大人还是保小孩，只听刀子剪子咔嚓咔嚓，终于，一个新生命的啼哭"哇"的一声传到耳边，两行热泪从我腮边滚下，那一刻，明白了为什么人总是付出的痛苦越多爱也会越多。女护士抱过来一个小脸红扑扑的婴儿，他爹不敢看，不敢伸手接，我也满眼狐疑："这个小肉肉就是我孕育的血肉之躯吗？"

　　机窗外云海翻腾，脑子里继续闪现着孩子成长的荒唐往事。小儿属牛，是个倔强又意气的小牛犊，竟然还是个夜哭郎。自从为母，"虎妞"秒变"虎妈"，第一年的"虎牛大战"，就活生生地把我的"虎威"消耗殆尽。可怜"虎妈"无奶，瓶子里摇晃的奶水小牛犊死活不肯下咽，肚子一鼓一鼓，小手在颤抖，喉咙在嘶喊，我和他爹就只能随着他的哭声轮换着在地板上弹跃。邻居不堪其扰，为此招来了警察，半夜开门时那个持枪的壮汉看见我们一头的汗水和一脸的愁容，挥挥手叫我们保重。夜里我们载着小儿在高速公路上奔驰，无奈那车速一减哭声依旧。再打开家里所有的电器，各种混合的杂音交响，我的精神即将崩溃，小儿还是无法安眠。最后是厨房里水管的哗哗声救了我们，小儿也许是水牛，听到那高山的流水，顿然安静下来。只是我们不堪水费，急中生智录了水声放在他的耳畔，小家伙的耳朵真灵，等磁带听旧了，立刻大声哭喊着叫我们为他重录。

养儿的日子真是疲惫，"虎妈"再变成"母鸡"，每日尾随，不停地抖动翅膀，再加上咯咯高音的"鸡叫"，原本啼哭的日子渐渐有了笑意。这小小儿郎，两岁的时候跟我们回中国，四岁的时候乘船去墨西哥看海，五岁时登上欧洲的阿尔卑斯雪山。那年为了陪儿子滑雪，我重重地摔伤了肩膀。夜里问他爹："养儿累不累？"他却说："现在是儿子在陪我们了！"是啊，摇篮里的小儿就陪着妈妈去采访，两岁的时候帮着妈妈送报纸，五岁的小手，教着妈妈把电脑写好的文章发送出去。跟着孩子跋涉成长，其实是经历了第二次的生命。

四个小时真快，波士顿到了。降落的飞机在跑道上风驰电掣，骤然打断了我的回忆，跟着机身颠簸冲刺的感觉，俨然就是这些年养儿的经历。走出机场的瞬间，眼前熟悉的画面又让我想起了四年前与儿子分离告别的情景。

那是 2011 年的初秋，十四岁的儿子考进了波士顿郊外的菲利普斯埃克塞特私立高中，身边的人都说我心狠，把这么小的孩子送到千里之外。我心里有愧，自知不是一个好妈妈，想想过去的十四年，家里面总是尘土飞扬，烧的饭菜大都难以下咽，还天天与孩子抢时间。既然为娘做不好，不如交给更好的学校。

儿子要离开的前夜，心却突然被切走了一块。灯影里我送给孩子一首散文诗："儿子，门前树上的小白花开了十四年，叶子在春天变绿，秋天变红，然后，然后你在树下长大；儿子，可记得秋天的落叶堆成一个小巢，孤独的你就在小巢里雀跃张望；儿子，别忘了小路上的草还是那样绿，黄昏的'小花生'还会去亲吻你留下的脚印；儿子，你是放飞的风筝，在你的翅膀上，永远带着我们的眼睛！"

先生已经租好了车，一踩油门出了波士顿城。两旁是新英格兰特有的茂密森林，人烟开始稀少，很快，小城埃克塞特（Exeter）的牌子出来了，牌子很小，在高速路上很不显眼，难以想象这里曾经是独立战争期间的美国首都。但是我远远就看见了，亲爱的孩子，你在这里已经四年了。

记忆的潮水再次回到四年前，就是在这里，细细的小雨淋湿了我的头发，也掩盖了我的欢喜和伤感。欢喜的是终于交出了母亲的职责，伤感的是以后的日子儿子要自己独立面对。

记得那日踏进古老的校园，满地的落叶，每一片仿佛都是历史。眼前的这所学校建于1781年，它的历史竟然超越了美国建国的历史。迎面撞见的一幢小红楼，门口的牌子上写着"1855年"，这里将是儿子未来四年的家。

安顿好孩子的宿舍，参加完宿舍楼里的第一次见面会，跟孩子说再见。天色将晚，车子徐徐开动，我一次次回头，望着那幢小楼，心里有丝丝的隐痛。如今的孩子，不会懂得朱自清笔下心疼老父亲的那种"背影"，都是依依不舍的父母，泪眼中看着孩子远去的"背影"。老话说儿行千里母担忧，转眼又想，一个生命终于从我的身边剥离了，年近半百的我终于重新获得了自由。

车子忽然急转弯，前面是河畔小路，心里一惊：刚刚获得四年自由的我今天又回来了！

转念安慰自己：那个十八岁的儿子再也不用领回家，他只能是越来越远。

河水潺潺，这河畔上就住着《达·芬奇密码》的作者丹·布朗，他常常被请回少年时的母校演讲。还有那个马克·扎克伯格，曾在这里学习拉丁文，当年的他竟然是古典文学的爱好者。听说他在椭圆形的木桌上，跟其他十一名学生阅读最难懂的长诗《埃涅伊德》，朗诵着"世界无所边界，伟大没有尽头"。从菲利普斯埃克塞特高中走出的，还有第十四任美国总统皮尔斯，联邦参议员丹尼尔·韦伯斯特，林肯之子罗伯特·林肯，第十八任总统尤利西斯·格兰特，诺贝尔经济学奖的获奖者罗伊·沙普利，普利策奖获奖作者布斯顿，商人大卫·洛克菲勒，皮埃尔·杜邦等。也是因为学校的平均成绩在美国三百多所私立寄宿高中里经常排名第一，所以有着"哈佛大学预备校"的美誉。

前面是主街，三岔路口上立着一座圆顶的交通亭，旁边是一家冰激凌店，儿子常常念叨的地方。对面是一家四川餐馆，吃腻了食堂的小伙伴们最爱这里的蛋炒饭。路的尽头是小小火车站，记得儿子有一次从休斯敦飞波士顿，赶上最后一班火车回到小城，一个人在夜里下车，是警察叔叔送他回到了宿舍。

眼前的风物，跟四年前一模一样，不一样的将是我们的孩子。

远眺学校门前的小教堂，高高地耸立着塔尖，看上去就像定海神针。大草坪的右边，就是儿子已经住了四年的红砖小楼。想着这小楼曾经送别过多少温热的身影，远远地就看见一群将要毕业的孩子正坐在楼门口的椅子上难舍难分。我听不见他们的谈话，但我能想象他们心里一定有好多幸福，好多感伤，好多留恋，这个十八岁或许来得太快，来得他们都不想这么快告别。

走进小楼，儿子给我们看他住过的四个不同等级的宿舍，小小书架，小小花盆，小小沙发，每样东西都是他四年高中生活最美好的记忆，墙角上那盏他儿时选购的纸艺台灯，一直闪着家一样暖而温柔的光。我们帮他收拾行李，好多东西舍不得丢，包括桌子上的香油和米醋，那是儿子晚上吃方便面时的快乐。从孩子的眼神里，我能够感受他是多么喜爱这里的一切，每一个窗户，每一条小路，都给了他太多青春成长的记忆。我心里溢出满满的感激，这座美丽的校园完成了我们不可能完成的教育。

翌日一早，阳光格外透亮。2015 届毕业班的家长们或是西装革履，或是裙裾飞扬，庄严地端坐在草坪的前排。激动人心的毕业典礼就要开始了，那位两鬓斑白的校长正站在台上，手上拿着每个孩子的毕业证书。我回望四周，看见当初入学时遇到的几位中国家长个个都是绽放的笑容。左边的华裔大律师，他的女儿如今是全年级的主席，将代表毕业生发言。右边的是一对老夫少妻，他家的儿子是学校投资俱乐部的小领导。家在新泽西的那个华裔女孩考进了斯坦福大学。犬子因为提前被哈佛大学录取，将会颁发特别奖学金。华裔的孩子在这里的表现相当亮眼。

音乐在空中响起，毕业班的孩子们排着两条长龙鱼贯走来，男孩西装，女孩白裙，十八岁的青春真是灿烂。当儿子从我面前走过时，灼热的太阳晒得我热泪盈眶。模糊的视野中，我好像看到那个调皮的男孩终于长大。想当年儿子在初中的课堂上总是爱说爱动，一次次被校长扣留在办公室，如今在埃克塞特的校园里，在他们独创的圆桌讨论课堂上，那个喜欢讲话的大缺点竟然成了大大的优点。最难忘老师在给儿子的评语中写道："He was the most consistent contributor to this class. Harkness depends on students like him."（"他是这门课最稳定的贡献者，哈克尼斯教学法依赖像他这样的学生。"）这种自由提问式的哈克尼斯圆桌教学法真是救了我们的孩子，学习环境的改变简直就是神奇的魔术。

孩子们开始欢呼，汇集在草坪上跳跃，男孩子们交换着成人的雪茄，女孩子们飘过来拥抱，老师们也加入在一起合影，空气里流动着感恩的旋律，四年的青春记忆，已经永远写进了孩子的生命。迎面走来儿子宿舍楼的那位主管老师，我眼睛顿时一热，想起他四年来定期地给我们写成长报告，他甚至在信里写道："在晚餐后的楼道里，我常常听到你们儿子的笑声。"我上前与他握手："感谢这个学校给了孩子太多，也感谢你四年的照顾。"让我惊讶的是，他却认真地说："是我要感谢你儿子，是他给了学校很多，也感谢他给我很多。"这个四年来日夜陪伴在宿舍楼的老师，跟孩子们一起吃饭打球，还一起骑自行车郊游，简直就像哥们儿一样。

漫步在校园里，儿子带我们看全美最大的中学图书馆，那是由著名建筑师路易斯·康设计的，里面的几何空间堪称魔幻。走廊里路过一个音乐教室，儿子回头看我，有点不好意思地说："谢谢你小时候苦心拉我去学钢琴，我的同学个个都弹得比我好！"我这才看见教室里摆满了钢琴，想象着孩子们一起弹奏是多么壮观。还路过儿子带着小伙伴们一起编校报网站的办公室，里面都是油墨资料，桌子沿墙摆开，构成一个讨论的方阵，我努力想象着这个有趣的空间正是孩子成长最快的战场。

忍不住问儿子，这四年什么最苦？儿子说是作业！学校里有四百五十多门课程，涉及十九个学科领域，除了数学、英语文学、科学、历史、艺术和九门外语课等，还覆盖了人类学、经济学、电脑科学、心理学和宗教等课程。每天每门课的作业至少是五十分钟，一个学生一般上五门正式课，常常是晚饭后开始做作业，几乎要做到凌晨。欣慰的是儿子总在夸他们的老师，感觉他最喜欢语文老师，一问原来是美国诗坛的一位诗人，我不禁想起那老师把儿子的作文修改得红色一片，因为他严禁学生们在文章中用太多的形容词。

远处是网球场、足球场、篮球场和橄榄球场，湖边有划船队的彩色船。听说这里的学生要参加二十多种运动项目，儿子带我们看新装修的壁球中心，他说最喜欢打壁球，因为不需要找同学帮忙。小路的尽头是一座医院小楼，儿子说他好喜欢躺在这里，吓了我一跳，原来是躺在这里就可以翘课，但凡小感冒，就可以在小楼里休息一天。

最后一次走进孩子们的食堂，跟小伙伴们一起用最后的晚餐。校内有一百多种课外社团，让孩子们的社交活动丰富多彩。好些孩子跑过来跟我们握手，因为他们都是儿子的好友，完全不认生。这让我想起了儿子第一次走进自己的宿舍楼时，第一次与他的室友见面，那个骄傲的白人少年正躺在床上读陀思妥耶夫斯基的《白痴》，他没有起身，仅仅用眼神打了个招呼。后来他参加宿舍楼里的主席竞选，竟然输给了我家的儿子。如今的他们成为好友，一个是校报网站的主编，一个是划船队的队长。

又到了与小城说再见的时候，这一次是真的离开了。最后一次从宿舍的小窗户向草坪望去，四年前来的时候，细雨霏霏，我们帮儿子铺好了床铺，如今天高云淡，我们再一次帮儿子把被子收将起来。四年，不算长，也不算短，但它却是奠定人生理想的基座。四年的教育成果并不是功课，而是独立人格的建立。

　　我问儿子："应该给你一个十八岁的庆祝?"儿子说："走进埃克塞特，就是我人生最好的礼物!"是啊，孩子终究属于他自己，我们只是幸运地把他带到这个世界。父母的努力，其实是送孩子离开。

妹　　妹

　　我有一个小三岁的妹妹，记得在她出生后不久，父母因为要去"大串联"，就决定把我送往渭河畔乡下的姥姥家，妹妹因为太小，就留在城里的一家私人托儿所。那位负责照料妹妹的阿姨姓侯，脸型也像"猴"，我们就叫她"猴姨"。

　　"猴姨"总是对妈妈堆满了张大嘴巴的笑容，又拍胸膛又拍大腿地保证。可是我那不到两岁的妹妹，因为长期被她绑在便盆上呆坐，等到接回家时已严重脱肛。最要命的是，孤独的妹妹学会了吃自己的大拇指，把个大拇指吸得比小拇指还细。为了拯救她的大拇指，全家人呕心沥血多年，直到她上学，手指一放进嘴里，老师就叫她站起来，终于，那可怜的大拇指慢慢得救了。

　　我那时从乡下回来，永远地有了一份土气，可妹妹的小脸却总是白净俏丽，小猫一样的眼睛顾盼多情。她被老师选去跳独舞，还担当大合唱的指挥，这都是我所不能的。那时的我，在学校里的唯一骄傲，就是默默地写下自己童年岁月的孤独感受，文字的早熟和忧伤让所有的语文老师惊叹不已。

　　少年时代的我，潜意识里对妹妹有几分嫉妒的排斥，因为是姐姐，就有权常常向父母汇报她的错误。见母亲不追究，便自己来教训她。最得意的办法就是叫她到毛主席像前来请罪，妹妹很害怕这一着，于是乖乖地听我话。那年月，每个人最爱的是毛主席，父母都在其次。记得有一次我们去照相馆拍全家福，我和妹妹为了争谁的脖子上戴毛主席像章而哭得死去活来，最后是母亲给我的手上塞了一本"红宝书"。

　　成长的日子很慢，上中学的时候我开始帮母亲管理家政。我学会了用最少的钱买最好最多的菜肉，妹妹则从来是无忧无虑。有一次我不小心弄丢了全家人一周的菜金，伤心地痛哭，她却仍在院子里跳她的皮筋。很久以后我读鲁迅、周作人的书，才忽然明白少时避难在外婆家的鲁迅终于再也写不出轻松的文字，而并不知上当铺之苦的周作人才会在瓦檐下享受那喝茶的乐趣。

作为西安飞机城里第一个"文革"后考上大学的文科生，我让母亲的脸上洋溢了很多年的笑容。在少小离家的日子里，我有幸融在一群饱经沧桑的"老学生"里，他们中有不少"黑五类"的后代，也有不少在陕北高原磨砺"红心"的插队知青，我发现自己一下子长大了。而那时的妹妹，暑期里讲给我的多是小女生迷恋语文老师的小故事。

大学时代的我，每年放假回家都要背一大包的书，都有一肚子的故事要与人分享。母亲的专注只是每天奋战在厨房里的锅台边，父亲的肃静傲然又让我心存戒备，只有妹妹，她成为我最贴己的知音。我们曾经是那么地喜欢泰戈尔的《吉檀迦利》，喜欢毛姆的《月亮和六便士》，同时爱上了莱蒙托夫，一起为凡·高和高更唏嘘流泪。我在学校里记下一本本的笔记，妹妹则在家里写下一本本妈妈根本看不懂的日记，这样的日子险些让妹妹荒废了她正在为高考做的准备。或许是因为血脉相通，或许是我真的影响了她，妹妹后来也追随我获得了西北大学的硕士学位，而且最先出版了自己的第一本散文集。

有一天，妹妹对我说："姐，在我的印象里，怎么从来都不记得你还年轻过？"我蓦然一惊，才发现自己原来很早就没了小女孩的天真，脸上过早地沉重起来。记得那是恋爱的季节，纷乱迷惘的我只接收妹妹为我做的每一次鉴定，所有的男朋友都知道她才是我最好的知己。

小时候我常常笑指妹妹是"多余的人"。没想到，后来我离家，她竟摇身变成了家里的顶梁柱。环境真能塑造人，从来不爱做家务的她竟奋力为家里粉刷墙壁以致犯了阑尾炎住进了医院。而我每次从外地回家，节假日的餐桌上竟全是妹妹操办的花花酒席，虽然老爸总是抱怨盘中餐好看不好吃，但妈妈的喜悦却是小幺女终于长成。

　　手足情依，彼此感受生命的需要更是在母亲逝去的日子里。那一年，我"三十出海"，飞离了故土，心里纵有万千的不舍，但那一份心底的毅然是来自妹妹在双亲身边的陪伴。游走四海，是想带给母亲外面的世界。那时候，父亲读我在报刊的文字，母亲剪贴我的文章，而妹妹默默的奉献则是在平常的日子里给爸妈送去柴米油盐。她做的很多，可爸妈夸赞的总是我。

　　闰年的那个八月之夜，母亲突然在黎明前脑出血离世，她是怀着看女儿的梦走的，留给活着的亲人无法面对的悲伤。那是天塌地陷的日子，父亲不让我远归，而所有的精神苦难及沉重的世俗应对都落在了弱小的妹妹肩上。我至今仍不能想象她是凭着怎样的承受力走过了那一段失亲的岁月。父亲一生敏感脆弱愚拙，而妹妹才是个刚刚脱了女儿气的少妇，然而，她竟顽强地挺过来了，挺过了那场人世间最伤心的灾难，为了能更好地活下去的父亲，也是为了我这个不能归去的姐姐。

在分别了整整八年之后，我才终于踏上了曾经生养我的土地。城郭依旧，但物事全非，我和妹妹隔着时光相视，彼此都长出了白发。我们携手站在母亲的碑前，遥看白鹿原上的青草已绿得漫山遍野。

站在古老的车站上，我多想对妹妹说一声："谢谢！"多想告诉她："我的生命里不能没有你！"然而汽笛长鸣，我什么也说不出。却见妹妹轻轻拽住我的衣袖，声音里有抑不住的哽咽："只知道你能回来，就想不到你还要走。"

他从山里来

总想写他，感觉他身上有许多隐藏的空间，比如他的生动有趣，他的虚无空灵，他的红尘无奈，所以他真是值得写。

他是平凹先生。在我的桌边，一直就放着那本厚厚的《秦腔》，大红的封面，灼得人眼热，任何时候，随便翻到哪一页我都能读得津津有味。在中国的当代作家里，我偏爱平凹先生的文字。当然，莫言先生的想象力无人可敌，阎连科先生是那种炸裂般的尖锐，余华先生则是悲怆凄苦，但是平凹先生的语言好，他能写出汉语特有的气韵和意境，只是让翻译家为难。

每次回西安，总有机会与平凹先生见面。算起来我是他西北大学的学妹，他之于我有点亦兄亦友。早年我在国外办刊物曾得他相助，他主编的《美文》杂志也常常开辟海外作家的专辑。虽是老朋友，但我其实还是很难走进他的内心，只是觉得越来越亲近了。

有年春天，去他家里喝茶。他住的地方叫"秋涛阁"，在顶楼，估计是怕吵。正想敲门，忽然想起他写的那篇《门》，说他最怕敲门声，还说自己曾经在家听到敲门声而不敢作声，喉咙发痒不敢咳嗽。他自然是喜欢清静，害怕朋友圈，但我自认是那种让人开心的朋友，只管大胆敲门。

门开了，露出平凹先生一如既往的敦厚笑容，让人想不出他会生气的样子。他的样貌并无沟壑，脸色饱满而耐看，好像岁月是慢慢打住了。听说他前些年喝药喝得蚊子都不愿咬他，嫌肉苦，好处是一般人得病万念俱灰，他却是文思泉涌。记得他说："鲁迅为什么脾气大，一个也不宽恕，都是因为身体不好！"

平凹家里喝茶的桌子是光板的原木，客人坐的是那种宽一尺的长条凳。平凹笑说："我怕沙发，软绵绵地坐进去半天起不来。"他沏的茶真是上等的好，配一碟新疆来的马奶子大葡萄干，他一面让我，一面解说："这葡萄个儿大，尤其对女人好！"我想笑，看他的表情很郑重，便忍住。

喝着茶，就感觉眼睛不够用，嗅觉也灵敏起来，原来是闻到了酒香。平凹指向门廊边的厨房，说那里有一个酒缸。果然，正是乡下人盛水用的那种大缸，上面用厚重的木盖盖紧了。说到酒，平凹的脸色有些凝重，他说父亲在世时极爱喝酒，但那时太穷，打不起酒，就盼着儿子将来买酒。如今儿子是买得起酒了，父亲却终于等不到了。于是，他就准备了这缸酒，等父亲随时来喝。真是穷家孝子，这缸酒陪在身边，就好像与父亲相依。不过，常常来掀起这酒缸的，多是来访的友人闻见了去舀一瓢解渴。

有趣的事情忽然发生，茶饮中进来一个小生，手里拿着家伙，说是老早约好了要给平凹理发。平凹不忍心叫他白跑，内心迟疑了一秒，立马很听话地直直地站在了书房的空地上，披上了一件塑料斗篷。我就端了茶杯过去看，他的表情很温和，由着我在旁边叨扰。

　　我一面看平凹先生理发，一面脑子里回想起他写的那篇《秃顶》，记得文章中说他"脑袋上的毛如竹鞭乱窜，不是往上长就是往下长，头发和胡子该长的不长，不该长的疯长"。如今就近一看，他的发型确如围起来的"地中海"。他的头发虽少，但那理发的小伙子一丝不苟，基本上是数着根根剪，很有仪式感。我心里既同情这小伙子真不容易，又同情平凹那么爱自己的头发，想想大千世界，只有身体在天天相伴，也包括这几根头发。

　　平凹先生坦然地站在屋子中央，脑袋虽不能动，但不影响我们话家常。他说自从脑袋上发生了变化，他怯了很多交际活动。有段时间他都仇恨狮子，但慢慢地也想出了很多头发少的优点，比如头发少说明聪明用功，富矿山上不长草，秃顶是对人类雌化的反动，等等。说起"秃顶"的好处，他认为有"怒发而不冲冠"，不会被"削发为民"，像佛陀一样慈悲为怀，长寿如龟，等等。

跟平凹聊天，我的难处是要努力地说陕西话。平凹说他不善于说话，其实是不善于说普通话。他坦白自己是努力学过普通话的，只是舌头发硬，终没学成。我是至今也没有听过平凹讲普通话。记得他在文章中说如果让他用家乡的土话骂人，很觉畅美。我笑得不行，人生哪能没缺陷，没缺点的人最可怕。我想说那些有大才华的人多有大缺陷，话未出口，只听平凹叹道："人真的不能圆满，圆满就要缺，求缺才平安，才能持静守神。"

理完了发，真没看出与先前有啥不同，倒是觉得平凹先生是个很好的人。他虽然蜗居在城里，其实是来自原始淳朴的山林，算是大山之子。如果说南美那样的热风土雨养育了马尔克斯那样的作家，中国的内陆山水或许也只能孕育出平凹这样的作家。人们常常期望作家能超越他的时代，却不想这个时代是怎样造就了自己的作家。

理完了发，继续喝茶聊天，也不管他有没有碎头发在脖子里扎着。茶过三巡，必然是楼上楼下乱摸乱看。先生的屋里石像多，为了聚气，并不开窗，回荡着一种强烈的古磁场。喜欢他屋里养的一盆植物，绿油油的，既吸了很多灵气，也净化了空气。

屋里存放的多是乡下人最爱的石狮子，年代不可考，但样子都是憨容可掬，兼有着保护神的威严。仰头看到架子上的一些佛像，各样的佛，有一尊彩陶的立佛线条丰满流畅，让人叫绝。文坛上都知道平凹是很吝惜钱的，但他为收集这些民间的宝贝可是舍得花银子。这些石刻多粗重，即便有贼来也休想搬得动。说话间只见平凹上前，用细布将些许的尘土轻轻抹了，那仔细察看的眼神里尽是说不出的温柔和爱恋。

空气有点热，平凹说唯一的冷气在书房，正切合我探看书房之意。他的书房曾被很多人写过，杂说纷呈。迎面看见了那三个大字"上书房"，拙雅的笔体一看就知是平凹自己所书。有人说他怎可自喻为太子读书，平凹则解说是因房子高，要"上"才能到。书房真的很高，窗帘据说从未拉开过，白天晚上都亮灯。还有人批评说平凹书房里摆放的多是自己出版的书，这眼前的书柜有限，当然要先放自己的书，先生出版了百余种国内版、海外版、译文版的各种书，每种存放几本，那就是满满两书架。多亏他不存盗版书，听说那印了上千万册的《废都》，光盗版就有五十多种。摸着这些书，就像是摸着山里来的大石头，一种真实的厚重，生动有趣的平凹，这些年真如老牛般勤奋，如春蚕般吐丝。

坐在"上书房"里说平凹的书，真是别有一番情致。他早期的那些书，犹如开春新翻的泥土，清丽芳香。等到《浮躁》问世，泥土里便有痛苦的浊浪挣扎翻滚，但油亮肥沃。不幸的《废都》，是他心情低潮期的愤世嫉俗之作，走了一点儿虐世的极端，却写尽一个文人无济于事的绝望和悲凉。聊到《废都》里的情色，平凹叹道："那个庄之蝶要适应社会而到底未能适应，一心想有所作为而到底不能作为，最后归宿于女人。"我忽然想起了坊间流传的一句打油诗：

"才子正半老，佳人已徐娘。"又想起了生前的三毛，她最后的长信何以要写给平凹先生呢？

关于平凹先生的作品，正可谓"经学家看见《易》，道学家看见淫"，当然还有才子及革命家的不满。不过，北京大学的陈晓明教授说他是中国乡土文学最后的大师，也有人说他是中国当代乡土文学的送葬者和终结者。在我心里，他生于中国乡土，长于乡土中国，他就是一个在滚滚红尘中努力写字的作家。没人知道未来，所以他只能怀旧，甚至求助于老庄。很显然，他害怕这世界改变太快，他焦虑，他无奈，他在家里听哀乐。从《废都》到《秦腔》，都是大废墟上的文化哀歌，平凹是把自己当成那个唱"阴歌"的"老生"。

跑去偷看平凹先生平日写作的小桌，真是个隐秘的空间，藏在那些石像的后面，只能容一人进去，俨若洞穴。我坐在他的太师椅上，抬眼是慈悲的玉佛，低头是眼前的手迹。写作乃作家最私密的劳动，他要在这独有的空间里与他的小说人物发生最私密的关系。听说平凹至今不用电脑写作，这回是亲眼见了，眼前的手稿是那种密密麻麻的蝇头小字，散出丝丝笔墨的灵气，他写得很辛苦，也苦了看些审稿的编辑。

眯上眼，感觉这屋里的味道很是奇异，石刻的土香，纸笔砚台的墨香，陈年老酒的醇香。脑子里快速闪过平凹先生的简历。1952年他出生在陕西省丹凤县的棣花镇，长身体的时候肯定饿够呛。二十岁开始发表作品，当作人生的背水一战。一口气写了十多部长篇小说，拿到了"茅盾文学奖""鲁迅文学奖""华语传媒文学大奖""施耐庵文学奖""老舍文学奖""冰心散文奖""朱自清散文奖""当代文学奖""人民文学奖""红楼梦·世界华人长篇小说奖""北京大学王默人–周安仪世界华文文学奖"，还有美国的"美孚飞马文学奖"、法国的"费米娜文学奖"以及"法兰西文学艺术骑士勋章"等。他的作品也被翻译成英、法、瑞典、意、西、德、俄、日、韩、越文等三十余种，被改编成电影、电视剧、话剧、戏剧的有二十余种。作为一个当代文坛的中国作家，平凹先生也是拼足了自己的性命。

说到作家的名气，平凹赶紧摆手："大唐芙蓉园的碑文是我写的，可我到了园子门口那检票的姑娘根本不认识我。"我就猜想他若混在城隍庙里也肯定没人认得出，平凹笑了："真正的好作家是看将来有没有人愿意读你的书。"

转眼到了饭口，我是很想请平凹吃饭，但他坚持说要请我们几个去楼下吃羊肉泡馍，大家齐声叫好。

那馆子在楼下小街的对面，一排整齐的铺面，竟然个个都认得贾老师。平凹先生一路打招呼，男男女女的表情很是热闹，亲切得我都跟着沾光。泡馍馆的伙计更是熟悉，贾老师一进来就晓得他要吃什么。我虽有脂肪肝，也要豁出来吃一大碗，因为是贾老师付账。

这顿泡馍吃得很是"王朝马汉"，我的脸上放光，贾老师一看就知道是个陕西吃货，大大地弥补了我陕西话说得不太地道的缺陷。平凹不断地给我夹菜，说请客就要请我这样的人。

回去的路上，我一直在想"情义"两个字。

中国是个"情义"社会,"情义"让人温暖,也让人负担。平凹先生是个特别看重"情义"的人,他从陕南一路走来,靠自己写字打拼,收获最多的也是"情义"。

很早就听说平凹先生想写一部关于秦岭的大书,去年真的读到了《山本》,看到了他在题记中写的一段话:"一道龙脉,横亘在那里,提携着黄河长江,统领了北方南方,它是中国最伟大的一座山,当然它更是最中国的一座山。"很显然,他的雄心是要写出腹地的中国。

然而,"中国"何其难写?几千年几百年都无法说清楚,只留下这纷繁斑驳的江山与传说。作为中国作家,身在迷雾山中,不能远眺,只能近睹。平凹先生的一生就浸泡在这中国的"大山"里,他走得很深,转得很辛苦,但他无法走出山外。他的血液,他的文化,他的哲学,都来自这"山"的滋养,他无比真切地悟出了自然的"山本",却终未能进入"人之本"。

在一个访谈中,平凹这样说:"进入秦岭走走,或深或浅,永远会惊喜从未见过的云、草木和动物，仍然能看到像《山海经》一样，一些兽长着似乎是人的某一部位，而不同于《山海经》的，也能看到一些人还长着似乎是兽的某一部位。这些我都写进了《山本》。"由此可见，《山本》的犀利刀锋还只是徘徊在兽与人之间，却未能写成《百年孤独》那样的民族心灵史诗。

然而，在小说《山本》中，平凹先生终于还是发出了如此深刻的感叹："那年月是战乱着，如果中国是瓷器，是一地瓷的碎片年代。大的战争在秦岭之北之南错综复杂地爆发，各种硝烟都吹进了秦岭，秦岭里就有了那么多的飞禽奔兽，那么多的魍魉魑魅，一尽着中国人的世事，完全着中国文化的表演。"对此，他戛然打住了自己的追问，只是继续叹道："巨大的灾难，一场荒唐，秦岭什么也没改变，依然山高水长，苍苍莽莽，没改变的还有情感，无论在山头或河畔，即使是在石头缝里和牛粪堆上，爱的花朵仍然在开，不禁慨叹万千。"

在平凹先生的世界观里，宇宙、人类、社会、天地、人神都能融为一体，他把这个世界所有的关系放在了一个合理存在的范围里。为此，他虽然写出了很多残酷的现实，但他却消解了历史背后隐藏的愤怒和挑战。

如今的平凹更看重天道，他总是渴望找到一种内心的和谐。有人说他是当今中国文坛上最有文人气的文人，他除了写字，还喜欢作画。我曾收到他的一部画册，是典型的传统文人画，主要是写意，比书法更有趣。

我常常想，当代的中国文学，如果没有平凹的存在，会不会少了一根扛鼎的大柱？当然，眼下的中国文学在世界文坛上还欠缺主导的话语权和影响力，要安顿中国文学与世界文学的关系，估计还需要几代人的努力。

叫我如何不爱它

那是 2007 年的早春二月，絮絮点点的白花正飘洒在泛绿的树枝上，我紧随在先生和小儿的身后，走去临近社区的一户陌生人家。我低头数着脚下滚动的橡树果，心里有未知的惊恐，惊恐中却有一种期待，因为我从未想过这一天要去领养一只鲜活生命——狗。

平日里最敬佩那些能够为自身以外的事和物勇往献身的人，然我不能。早年最怕见丰乳的妇人怀抱着婴儿，替人忧心：她怎么能把这样的一个小小生命养大？深感活着是一件很难的事。没想到及至年长，居然也嫁作他人妇，也会在炉子上撒盐炒起菜来。生命受于父母，只能跟跄前行，但若说新生命，须择时、择地，还要准备足够的勇气。

　　熬到三十五岁那年，眼看萧萧无边落木，春花一不留神就成了秋月，想人生过客，白驹如隙，雁过还要留痕，于是斗胆一搏，真就得到一个手脚齐全的小儿。寒风中抱着那个睁不开眼的肉蛋蛋回家，人见人笑，唯我心苦：以后的漫漫长路，还要将这个与我相连的生命永远地背负在并不硬朗的肩上。

　　都说女人的天性就在养育，其实是养育造就了女人的天性。一个雌性的生命本能地漂浮在哺育的河床上滚动，竟因此而健壮、而充实，且焕发出她自己都想象不到的能量。十年弹指一挥，喘定稍息，原来人生的目标是愈走愈远，倒是眼前这个由几磅的肉蛋蛋演变而成的小小少年才是自己最大的一个硕果。我在心里说："这样的收获，已耗尽了地气，此生绝不可再来过。"

　　都怪那2006年的圣诞夜，风亦无声，月亦无影，天地间只听见壁炉里的火在冬夜里吱吱地燃烧着，再就是圣诞树旁的小儿伏在茶几上给那位叫"三塔可劳思"的神秘老爷爷沙沙地写信，我知道，他在描述自己最想要的一份礼物。

待到三更，我和先生做贼般心虚地打开那张折叠的小纸条，刚看了一眼我就颓然坐地：他渴望的竟是一只能陪伴他的小狗！

那是唯一的一个让孩子痛心失望的圣诞节。我只能安慰他："圣诞老人还没准备好！"先生则告诉他："圣诞老人也许会用别的方式送你一只小狗！"没想到，刚过了新年，那小狗却真的来了！

怯怯地敲开那扇招养小狗的陌生门，眼前是一个黑毛的狗妈妈怀中躺着四只煤球样的小狗。三只毛色好的已被认养了，留下的那只长着蒜鼻头、嘴边还有一圈白胡子的小家伙显然就是我们的了。小儿兴冲冲地把他的宝物放进盆子里，高举在胸前回家，而我看着那才六个星期老鼠般大小的黑球球，不禁忧心长叹：养人都如此艰难，何能养狗？

小儿为小狗命名"花生"，源自他自个儿爱吃花生酱。平生第一次近距离端详一只狗，我显然还没有准备好，但那双圆且黑的眼睛立刻就俘虏了我。那是怎样一种婴儿般清澈的眼神，一往情深地望着我，好像认定了我就是它的妈妈，没有怀疑，只有依恋。我终于抱起了它，绣花的丝绸裙衣上第一次有了狗的气味。

从那时起，每天早上，当我在床上发出第一声响动的时候，卧室的门口就会有一个小小的身影在摸索转动，它已准备好了姿态，给我的早晨第一个亲吻和拥抱，并且这个姿态从一开始就决定了永远。

"花生"越长越可爱，中间小分头，垂下大大的耳朵，圆圆的黑鼻头，弯弯的小嘴巴，还围了一圈白白的小胡子，高兴时会伸出它粉红的小舌头，歪着脖子优雅地看人。狗狗真黏人，早上我去卫生间，它跟去卧在我的脚边，将那暖融融的身体靠着我，即便有臭味，它也只是耸耸鼻子，一动也不动。平生第一次养狗，才知道狗对人的爱竟是无条件的，那般信赖，如此纯粹。

"花生"虽是小儿的宝，但陪伴它更多的却是我。晨起早读，"小花生"就伏在我腿上，也努力地辨认着报纸上密密的黑字，杂志掉在地上，它竟用嘴一页一页地翻看。我干脆派给它一个活儿：将各地寄来的杂志和报纸帮忙拆封！它干得很卖力，用嘴将牛皮纸袋——咬开，送到我面前来。后因表扬过度，它竟养成只要看见路边装报纸的袋子，就要叼着回家的习惯。

白日里我喜独处，享受思考的寂静和自在。如今却有一双眼睛总在注视我，无论我在屋内的哪个角落，无论我在做什么，只要回头，就看见"花生"的目光与我对视。我不禁对它喊："求求你不要老是盯着我！"它眨眨眼睛，继续一往情深地看着你，好像说："我就是喜欢这样看着你，你改变不了我！"受不了这样执着无邪的目光，我的心顿时变得柔软，带着它到门前的小路上奔跑。"花生"像一个调皮的孩子，围着我雀跃，我呼叫它的声音又高又尖，一惊一乍，那样子也回到了稚气的童年。

自从有了"花生"，傍晚时全家人的散步就成了风雨无阻。"花生"在青青的草地上撒欢，但它从来都不会远离我们的身影。静静的黑色里我忽然加快了脚步，回头惊叫："Peanut！"原来它就跟随在我的脚边，迈着自己匀速的脚步。小儿故意与它捉迷藏，"花生"就像离弦的箭飞奔而去，咬住小儿的裤脚，不让他走开。

小狗的耳朵实在神奇，每晚先生下班回家，车子远在百米，"花生"已经守候在门口。有时先生延误，小狗虽不能言语，但它在屋里走来走去的神情显然是焦急和不安。先生打趣我："好些年了，终于有人这样热情地欢迎我回家！"是啊，曾几何时，对那个叫我下决心共度一生的男人，那个携我环游世界的身影，一丈之内的我不再有相见的惊喜，如同每日习惯的呼吸，呼吸着生命之氧的存在。然而小狗，它的心似乎从来没有疲惫过，它对自己等待的人只有情意更浓。

最让我头痛的是"花生"那神奇的鼻子，每每捧出食物，无论你吃什么，它都睁大了眼睛，痴痴地仰望。它非饥民，却对你的盘中餐无比羡慕并充满渴望，但你不能给它，除非你想害它短命。小狗不知，以为人冷酷，那一刻实在让我挣扎不已。最不能忍受的是小狗爱上了我的鞋子，那味道简直叫它迷恋成癖，如若我离开，它定然咬住一只鞋子，紧紧抱在怀中，好像那就是我的化身。

周末闲坐，看小儿与狗嬉戏，"花生"即是一个生动的玩具又是一个忠诚听话的小友。小儿平日里多听父母训导，如今也有了一个听他训导的对象。看着孩子对小狗疾言厉色的神情，就仿佛看见自己的可笑，方明白每一个孩子的心中都潜伏着领导他人的欲望，以显示他日渐成熟的自信和自尊。可爱的"花生"从不记恨，训导完毕它依然静静地卧在孩子的脚边，小儿一边看他的书，一边用脚掌轻轻地揉搓着小狗仰卧的白肚皮，又仿佛是柔情万种。

未料那个虎年的尾巴腊月，我忽然就病在床上，一股锥心的疼痛居然让我顿时消失了身体里所有的能量，软弱到哪怕是看一份报纸，也要立刻倒下闭眼。窗外是淅淅沥沥的冬雨，萎缩的花树在冷风中瑟瑟颤动。我的手忽然触到一团暖，热热地贴在我的被角，是我的小狗！它的眼睛很圆、很亮，此刻却布满血丝，它好像从来不眨眼，就这样一直地看着我，不论我睡着或是醒来。我忽然想起，已经一个多星期了，我都没有力气对它笑过。我捧起它的脸，很久没有修理过的嘴角竟然长出了许多白毛，它好像一夜之间变老了。看着它一脸的沧桑和忧伤，我努力地让自己使劲地笑了一下，我的小狗先是高兴地竖起了耳朵，然后裂开了它的大嘴，它笑的时间比我长，一边笑，一边还冷不防地亲吻我的脸。我想起一首歌："所以悲伤着你的悲伤，幸福着你的幸福！"

家里很静，我把"花生"抱到枕头上，它的脸对着我，眼睛里充满感激。想想这些日子，我不能再带它到湖边的小桥散步，不能在周末带它去公园坐滑梯、打悠悠，不能在车上让它的头伸出窗外，但是，眼前的"花生"，痴痴地看着我，眼神里只有无怨无悔。"花生"虽然不会讲话，但它的身体处处都是语言。伤心时它会抽抽鼻子，安慰时会伸出舌头。我生病的这些日子，"花生"就一直卧在我身边，用它的身体暖我，从早到晚，须臾不离。

都说小狗有两岁儿童的智商，其实不止。

"花生"最聪明之处就是能够审时度势，平日早上看我忙，就乖乖地卧着，斜眼看我。你刚刚在电脑前伸个懒腰，它就跑上来叫你抱它。它的爱憎尤其分明，但凡有陌生人接近家门口，就开始狂吼，待弄明白身份，态度一百八十度转弯。每到傍晚，它的脸就贴着家中的后门，等待着迎接"爹爹"下班。冬夜里它"爹"叫它坐在脚上暖脚，它照做，知道那是孝顺。

中午小憩，"花生"就侧枕在我的床头，乖得大气不喘，看它那表情，我也给它盖上一角被子。我不能想象，如果有一天回家将不再有一双深情的眼睛望着我，散步时不再有一个黑色的小影子跟随我，寂寞时不再有一团绒绒的温暖卧在我的手边……

我的美国邻居

我知道自己很俗，最俗之一就是爱房子。吃我不在乎，山珍与淡饭一样化在肚里，出门行车，奔驰与老牛一样抵达。还有，再好的衣装也要被厌弃，唯独房子，它对于我不仅仅是能睡觉的地方，而且是左右着我的呼吸，调整着我的情绪，负载着我独处时动荡不安的灵魂的所在。

我出国的那年冬天，因为丈夫先一步走，母亲终于夜里能来与我挤在一张床上。那间集体宿舍还是慷慨的室友让给我们结婚的，黑洞洞的过道上寒风彻骨，偏巧那天斜对面的公厕发臭水，味道刺鼻，妈妈长叹："什么时候你才能住上像样的房子！"我心中无泪无奈，房子，竟是那个年月的我物质生命里最苦涩的盼望。

刚到美国时，租的是大学城里最便宜的公寓，屋里赫然有很大的厨房和卫生间，还有水管里一拧就有的热水。最让人欣喜的是从此不用再挤那公共澡堂，那幕可怕的人头攒动、裸体相呈简直就是一场记忆里的噩梦。踩着软软的地毯跳跃，我的心填满了平生以来最真实的快乐。

那年搬到休斯敦郊外的明湖城，租的是宽敞的一室一厅，月租仅三百七十五美元，落地窗外是一片绿色的公园。再转战西南，租的是繁华地段的两室一厅，门前正对着树荫掩映的一汪池水。第一次有了自己的书房，驱车慷慨地买了三个大书架，电脑、打印机、传真机一一安置好，我悠然转动着皮椅，觉得真正开始了我想要的生活。

在美国，住房不分职位等级，更不能论资排辈，布什总统的隔壁就可能住着修车厂的技工。美国人可以随意选择自己居住的城市，任意地选购自己喜欢的房子，唯一的限制就是钱。

公寓里住久了，便开始向往独家独户自己

的房子。那种幽秘烦冗的华宅不是我辈能承受的，我喜爱的只是浓荫的小街深处有一座花草围绕的乡居，不再有车马的喧嚣，不再听楼顶芳邻的欢闹，我的世界里是一片绿色的草香。

那年开春，在休斯敦郊外的糖城寻屋，走进一条浓荫幽深的老街区，绿茸茸的树上正缀着白色的碎花，静谧的空气里流动着都市村庄特有的恬淡与安详。想想初来美国的日子漂流得好辛苦，终于盼到疲惫的身心能有一个栖息的地方，就是它了！老区买老屋，住进来的好处更有省去内外装饰的芜杂，前院的杜鹃花坛，后院的遮阳橡树，房梦成真的喜悦正可谓情归所依。

住在这样终日不见人影的世外乡居里，凭借着内心奔流不息的人间烟火，倒也不觉寂寞。然而，却没想到，随着小儿的出生才开始恍然大悟，当初买屋地点的决策压根就是一个天大的错误。小街苍然地掩映在静谧之中，十数家人，只闻狗吠，几乎都听不到车马之喧。我们的小儿就只有在这孤独的街上一天天长大，他好想找一家有小朋友的邻居，但这里的老住户人家根本就没有十八岁以下的孩子。

2004年的岁末，我们带着孩子远游佛罗里达。眺望着棕榈深处圣诞夜的灯火，在电话里向休斯敦的朋友问候平安，友人的声音里竟传出兴奋的颤抖："上帝让休斯敦今夜飘起了漫天的雪花，三十年不遇，可惜你们错过了！"我们的心顿时有失落的怅然，尤其是小儿，打出生就没有在休斯敦看见过雪，如今听说下的雪都能堆成小雪人，他的脸上几乎是哀伤了。

打道回府，南国的休城却依旧是阳光里的灿烂，草地绿茵，树木苍翠，毫无雪色的记忆。惆怅之间，车道旁邻家后院的门忽然打开，一位白发衬着白裙的美国老太太迎面走来，她的手里提着一个硕大的透明塑胶袋。我这是第一次定睛看清她皱纹遍布却依旧红润美丽的面容，走路的脚步蹒跚颤巍却依然婀娜多姿。她走近我们的小儿，递上手中的袋子，说："休斯敦圣诞夜下了一场美丽的雪，知道你们不在家，特别在冰箱里为孩子留了两个雪球。"说着，又递给我们一个小影集，里面是她专门为我们拍摄的雪景照片。三双手迫不及待地打开：我们那青灰的房子真的披上了一层白色银装，门前葱绿的丁香树也戴上了白绒小帽，还有那平日焦躁的草地，正温柔地领略着雪的抚摸和慰藉。照片上一幅幅亲切又陌生的图景把我们带回到那个神奇的圣诞之夜，雪色忽然飘香，片片洒向人间都是爱……

我们的孩子，怀抱着一双雪球，用手轻轻地触摸那白色的结晶，欢喜得脸上通红。雪球连心，他上前与老奶奶深深相拥。我的心涌出暖流，原来在我们的身旁深藏着如此的邻里温情！更欢喜从那一刻起，小街上长大的孩子终于有了一个知心的朋友，只是这位朋友比他大了八十岁而已。

父亲走了

很多年之后，我才知道，2019 年 11 月，是我生命里最好的一个秋天。

那是感恩节的前夕，古城西安的天空有些灰蓝，风里面到处卷着树叶的尘香，慈祥如母的老爸默默地看着我在收拾回美国的行李。因为想到很快就要回来，超重的衣物和拿不走的礼物就先放在家里，嘱咐着管家小吕妹妹帮我存好那个暗绿色的箱子。

将要离别的夜里，怎么也睡不着，想起每次回国，只要一下飞机，坐上出租车，父亲的电话就每隔五分钟地打来，从机场到家一个小时，我要不停地报告车子已经到了哪个路口。可是，当我要返回美国的时候，父亲却是毫不作声。

一大早，我起来赶飞机，老爸竟然没起床，估计是天色有些暗，隔着门帘，爸爸只是淡淡地嘱咐着："走吧，别着急，慢慢下楼。"我也不介意，就叫他多睡一会儿。等我上了飞机，腾空的一刹那，恍然明白过来，父亲为啥不亲自起来送我？他是不想见到我离去的样子！他自己默默地躺在床上，忍受着女儿远行的痛苦，他在隐忍着巨大的伤感，埋在被子里，或许是老泪纵横，也无人看见。但是，谁会想到，那个早上我隔着帘子与父亲说再见，竟是与父亲的最终诀别。

2020 年开年，可怕的疫情忽然由远及近，真的就到了眼前。电话里的父亲好清醒，他早早有了预感，叹息说："估计你们今年回不来了！"我根本不相信，说不用担心，年底一定回来。想不到父亲的话竟然应验了，回国真的遥遥无期。

转眼到了 2021 年，感觉父亲的精神忽然委顿了，他给自己买了一辆电动轮椅，那个走起路来一直铿锵有力的父亲腿脚先不行了，电话里听他说如今过个马路都困难，挪不到路边红灯就亮了。他曾悄悄跟妹妹说:"身体里有了不好的感觉。"但我听他说话,还是底气十足,所以我相信老爸的生命就像过了坎的滑轮,肯定会一路冲向九十岁。

2022年1月,挂念中的西安竟然封控了!听说好多人买不到菜,阴云笼罩在每个人头上。我每天给父亲打电话,他却说:"别担心,我这辈子啥没经过,三年困难时期都过来了,这算什么!"但我每天提心吊胆,好害怕那楼里的人被拉到郊外隔离,毕竟父亲已经是八十七岁的老人。

疫情似乎没完没了,还在不断升级封控,遥远的故乡,每天让人牵肠挂肚,好担心这封控之后,老迈的父亲还能不能正常生活。

春节前夕,老天开眼,西安城摆脱了封控的恐惧。到了大年初一,我和弟妹们约好了在视频里一起给爸爸拜年。那真是一个喜庆的时刻,我穿了红衣亮相,姐弟三家的十口人都在现场。爸爸迫不及待地第一个开口,好像是他给孩子们拜年,一口气讲了好多话,还准备了好几个小问题与儿孙们交流。之后的他起头做了新年藏头诗："虎年元日阳台坐,虎跃龙腾拜年来!"家里属虎的有好几位,爸爸想要"虎虎生威"四个字,结果发现我们怎样凑后面的两句,都不及老爸的这两句好!

大年初二的中午,天色晴好,喜欢室外的父亲,冒着冬日的凉意,突然去了他最爱的城墙脚下,拿着平日锻炼的绳子,小收音机里放着婉转高亢的秦腔,老爸背靠城墙,面向护城河,将手里的绳子甩将起来,他的动作潇洒自如,真的是"虎虎生威",展示着他大疫之年依然是有质量有尊严地活着。奇怪的是,老爸竟破天荒地让小吕妹妹认真地录下了三段他的甩绳操"表演",传给我们收藏,视频里的他洋溢着一股独立于天地之间的顽强和无惧岁月老去的坦然,他这是要我们记住他最好的样子。

就在那个下午,或许是父亲在外面吸了凉气,或许是他的头受了风吹,或许是他比平日多吃了一点点,亦或许是他的情绪有些波动的起伏,在床上休息的父亲忽然感到一阵恶心,他开始呕吐，旋即陷入了昏迷。

多亏西安城已经解封，120急救车很快把父亲送进了附近的市第一人民医院。CT的检查结果出来：父亲颅内大量出血！我赶紧把父亲的脑部CT图传给了休斯敦两位资深的医生，他们看完之后都不乐观，我已明白凶多吉少。我想起父亲生前无数次地对我说："你们对我最大的孝就是让我将来安详地走！"

经过痛苦的挣扎，我和妹妹弟弟还是决定试一次微创手术，看看奇迹是否发生。然而，手术后的父亲依然是深度昏迷，我们的分分秒秒都在盼他醒来又充满恐惧的煎熬中度过。那天夜里，隔着时空，我似乎能感受到父亲的去意已决，他不想让自己再承受身心的痛苦，更不想让自己深爱的孩子们痛苦，他对残余的生命已不再留恋。昏迷中的父亲，他的身体在医院里静静地躺着，他的灵魂已经悄悄地向这个世界深情地告别。

那天夜里，我在梦里总是听到一个声音："我知道你回不来，我知道你回不来，我等不到你回来!"2022年2月7日一早,消息传来:父亲走了!那一刻,我竟流不出眼泪,只是在心里喊着:"爸爸,你为我们付出了最后的爱,妈妈在天上等了二十七年,你一定要找到她啊!"

2022年的冬春好冷,想回国拿不到签证,也买不到机票,我无法为父亲奔丧,天人永隔,大悲无泪。山水阻隔两年多的父亲,在无边的寂寞中离去,他的灵魂虽然早已看淡红尘,但终究是在远离亲情的悲凉中踏上了远行的路。

暗夜无眠,心里绞痛。寂寞和孤独伴随了父亲的一生,他走了,如今的我是真的浪迹天涯了。"生有时,死有时。"死亡是必然的,但我的难过是没能陪父亲更多,跟他聊更多,他心里的好多故事从此飘散,都来不及跟我们讲。

父亲头七的晚上,我面朝东方,仰望苍穹,说给父亲:"爸爸,你是我心里最好的父亲!都说我长得像你,从此我的眼就是你的眼,我的心就是你的心,无论楚汉江河阴阳两隔,我在你就在！这些年你在努力地为我们而活，余下的日子，我们为你而活！"

傍晚散步，习惯地掏出手机，想给爸打个电话，忽然明白他已经不在了，那个我背得滚瓜烂熟的电话号码再也没有用了。夜里做梦，真的梦到父亲，他在熙攘的人群里找厕所，因为每次我跟父亲在一起他都要找厕所。我拼命地叫他，他都没听见，我一下子惊醒，知道父亲已经跟我不在一个世界了。

我不敢想象，下一次站在西安小南门外的时候会不会泪如雨下，那是我和父亲走得最多的地方。从小南门到大南门，城墙下的每一棵树我们都看过，每一块石头都摸过，我甚至记得父亲坐过的每一个地方。今天在电脑的屏幕上又看到那城墙，看到我们曾经的家，爱已远去，视线模糊，这世间所有的爱都指向团聚，唯有父母的爱却指向了分离。

第三辑　诗和远方

惊游法兰西

对很多人来说，2022年依旧是封闭之年，疫情还未结束，但我心里却渴望着远行，渴望着与文友见面。过了春节，仓促中策划了一场欧美新移民作家的国际笔会，目标：法兰西！

启程是在5月5日，恍恍惚惚赶往机场，连自己都不太相信这是去巴黎，直到看见登机门口的巴黎标志。二十年前曾经有过一次，同样的老布什机场，同样的目的地，激动得手足无措。这次的远行，心里却是很忐忑，倒不是担心自己单刀赴会，而是不知道将会发生怎样的故事。

走出戴高乐机场，眼前的巴黎只是笔会的序曲。来接我们的是一个甜甜的小女生，这姑娘到巴黎才一年，还在读书，却经营着一家民宿。后来的故事告诉我，真是多亏了这个嘴角弯弯的甜小妹，每天帮我们化险为夷。

又一次看见塞纳河，想起第一次看见她，激动得眼泪流出来，如今再看那河水却如此稀松平常，是我心肠硬了，还是塞纳河老了？随行的甜小妹说："巴黎的风景其实很寻常，不寻常的是人和他们的故事。"说着，她让我仰头看巴黎街头的路灯，告诉我这可是世界上最早安装路灯的城市，17世纪的巴黎就被誉为"光之城"。我自然明白，这何止是路灯，这是法兰西的启蒙之光。

此行巴黎，约好了只看"文学"。甜小妹首先带我们去看先贤祠，外面熙熙攘攘，进去肃穆悲壮，脚步轻柔点地，法兰西的心脏都埋在这里。小心走进了一座墓室，右边是左拉，左边是雨果，中间是大仲马！这个场景真把我惊到了，想想这晚上可是热闹，左拉在抨击雨果的浪漫主义，雨果鄙视左拉的自然主义，大仲马肯定会加入三人的决战，想着想着，眼前的墓室忽然群星闪耀，亮得人睁不开眼。

甜小妹继续带我们阔步登高，走到巴黎城边的一个小坡，没啥风景，甜小妹往下一指：下面是巴尔扎克的家。再顺着坡道下滑，老巴的家竟如此隐蔽，门框都染成树木的绿色，让我不得不怀疑他住在这里是为了躲债。就是在这个"绿色的小岛"里，巴尔扎克完成了《人间喜剧》的最后一部分原稿，屋子里还是当年的陈设，感觉到处都留存着他的手印。这里存放的最珍贵的宝物是根据巴尔扎克小说留下的漫画像和人物雕像，还有书桌上的咖啡壶和小暖炉。为了还债，巴尔扎克曾经在这里每天写作十二个小时，这个自幼清贫的才子，一辈子为钱所累，如果不是巨大的经济压力，他的文学成就一定会更高。

下午转去雾谷广场的雨果家。当年来巴黎，硬是没能进去，只在门口喝了三杯苦闷的咖啡。如今那咖啡馆还在，真是恍若隔世。终于登楼入室，展厅内富丽又堂皇，仰望走廊上雨果的那幅自画像，我却闻到了一股苦涩的苍凉感，不禁想起雨果最爱的长女蕾奥波琳，刚刚新婚就与夫婿双双溺死在塞纳河。雨果与深爱的女演员朱丽叶·杜丽，苦心相守五十年，却最终未能给她妻子的名分。雨果的生命里充满了很多失败，也充满了成功，他被法国驱逐出境，又被法国礼迎回国。我的感动是看到餐厅里满屋的中国古董，在梅兰竹菊的东方情调里，雨果的脑子里却都是穷苦人的故事。

巴黎的人文好景多藏在深处，需费力去找。那天去拉雪兹公墓，里面埋的人真多，我们几乎要走不动，甜小妹努力挥手："肖邦快到了！"大有不到长城非好汉的意思。大汗淋漓又走不动了，甜小妹说："巴尔扎克就在不远！"见了巴尔扎克，后面还有莫里哀。

巴黎的迷人还是夜晚，那日鬼使神差，竟然游到了总统府的门前。没想到那爱丽舍宫只有两层高，正在失望，发现周围布满了荷枪实弹的警察，回头一瞥，黑影处也都是警察，目光都射在我们身上。我们也不怕，还呼叫旁边的警察帮忙照张合影，警察同志也是站得乏味，开心地给我们拍照。

告别了警察，立马放松警惕，回到了宽阔的大街上。我和奥地利作家安静正勾肩搭背地说话，忽然在我俩之间靠上来一团黑影，然后就有一只手快速地伸进了我的挎包里，身体的本能让我一拳打开那只手，大喊一声："你要干什么？"估计是我的声音太洪亮，那小偷吓得赶紧举起双手，意思是没偷到你的东西！我朝后一看，她还有好几个同伙，但我的同伴更多，这次的经验告诉我在巴黎游逛一定要抱团成伙。

一惊一乍的巴黎序曲即将结束，法南笔会的重头戏就要到来，却没想到，一个坏消息传来：去法南的铁路罢工了！

引领我们的甜小妹踮着脚尖在人群中打探，这法国人爱罢工，但没想到这次偏偏是我们的火车罢工！心里滚过千万匹马，脸上却是兴奋的笑容，因为南下开会的几路文友此刻就在火车站会师！沮丧的心情并没影响我们初次见面的相拥，大家都拍着对方的后背，说："没关系！"

真是天无绝人之路，我们这群热锅上的蚂蚁很快看见了曙光，成功地改签到了第二天早晨的第一班火车。

这班直达的火车，很快就到了法南的纳博讷。赶紧下车，九个女同胞在路边站成一排，不知所措。因为改变了到达的日期，原定来接我们的蓝窗主人正引领着先期到达的文友们在酒庄品酒，电话里叫我们自己找交通工具。

眼前的这个法南小城此刻静若处子，根本看不到出租车。那一刻，我心情凝重，挥着拳头鼓励大家："姑娘们，我们既然能从巴黎来到纳博讷，就一定能从这个车站到达酒庄！"姑娘们立即分成了小组，有看行李的，有去找车的，我的任务就是负责吆喝。

远远地，我看见比利时的谢作家正在前方与一法国先生谈得火热，想必有戏。等她走回来，我还以为找到了人帮忙，结果她面色红润，大声说："你们知道吗？那个老外是越南老兵，我们有好多共同语言，他让我吃住到他家，还能再带三个！"我差点昏倒。正在哭笑不得之际，车子找到了！老天开眼，是一个九座的大面包车，把我们都塞了进去。

转眼之间，美丽的米迪运河出现在眼前。找到酒庄的瞬间，我们的表情就如同前来参加婚礼的伴娘。畅饮了三杯酒，吃了三个大包子，法南的故事似乎苦尽甜来。

翌日一早，气色优雅的女作家们都早早下楼，等到九点时分，一个不幸的消息传来：早先预定的大巴车因为一个小失误被人家取消了！不能说五雷轰顶，但我的眼前有冒金星。真是天无绝人之路，来参加笔会的各路文友中竟有几辆车同行，只好临时让大家自由结伴，剩下的人马由蓝窗的小巴来解决。

谁也没想到，原本计划的大巴浩荡行，如今变成了小股的游击战。更不可思议的事是每支队伍都有自己的行走路线，真是将在外，君命有所不受。于是乎，各路人马看到的风景竟然大不相同，搞得有人开心有人愁。

话说那日参观完丰弗鲁瓦德修道院，蓝窗的梁主人开着小巴来接我们。估计是他来回转运了好几趟，大脑有些发晕，下车时忘了拉刹车闸。我是第一个上车，发现这辆没有司机的车子竟然朝着停车场的小坡慢慢溜了下去，天哪，撞上去可是不得了！说时迟那时快，在我的惊呼中，只见梁先生一个箭步冲上来，以迅雷不及掩耳之势把手闸拉上，与此同时，我才看见一把年纪的德国翻译家朱老师正在用他年迈的身躯抵住车身，那一刻，俨然就是英雄舍身的壮烈身影。

步步惊心的笔会感觉就是刀尖上的舞蹈，每日摇曳多姿，却总是险中求胜。要说最难忘的还是那天去机场接严老师，她是本届影视文学大奖赛的第一名得主。

近年旅居欧洲的严老师忙中偷闲，从南欧的旅行途中特别赶来参加笔会。当日晴空万里，蓝窗民宿的门前车马喧嚣，负责会务的梁主人手忙脚乱。为了晚上的欢迎晚宴，他还跑到集镇上买了些鱼，搞得小巴车门一开鱼腥飘香。考虑到去机场的路不短，担心梁先生握不稳方向盘，临时请了一位温柔的女性掌舵。再为了郑重，又叫上了严老师的老友范迁先生相伴前往。

为了减少车里的鱼腥味，我们开着车窗一

路在高速上飞驰。等到接了严老师，车子在路上飘，她急问，大热的天为什么不关窗？我说怕鱼腥，歌苓笑到前俯后仰。更要命的是，车子一路跌宕起伏，在震颤摇晃中，她听到了车子的后护板发出砰砰的响声，梁先生说是因为车子早上被撞到，后护板掉在了外面，还来不及修。我的心里真是五味杂陈，歌苓估计也是第一次坐这样的"飘车"，耳畔风声呼呼，铁板咣咣地敲打着节奏，这样的情景真的要终生难忘了。

那夜的高潮是与当地的法国人登台联欢。走进斑驳的法南城镇的市政厅，灯光打亮竟也是很璀璨。文友们准备的节目超级惊艳，简直就是令人着迷的魔幻现场，那些平日里闷头拿笔的作家们忽然摇身变了模样，从独唱到合唱，从独舞到双人舞，还有肚皮舞，俨然是艺术才华的选秀现场！这意外的歌舞争艳，看得法国人惊呆，看得我湿了眼眶。

文友们都知道严老师从小学舞蹈，看过她那么多小说，却没有看过她现场跳舞。歌苓是

个热血之人，毫不犹豫地答应登台献舞。我们
几个伴唱先是练了一曲《鸿雁》，到跟前才知道
她原来是要跳《天边》。我怕歌曲太长，在后台
悄悄嘱咐她等我们唱完了第一段再上场，结果
却是我们还未开唱，她就从舞台的侧面飘到了
台上，全场的目光都凝聚了，没有人听到那美
妙的歌词，只是看到一个深情旋转的舞魂。那
一刻，看着歌苓轻盈缠绵的身影，我却在想，
她是用怎样的潜能沉静地写出了《陆犯焉识》等
十几部长篇小说。

盛宴终要散去，到了说再见的时候，往日
的一惊一乍忽然都变成了依依难舍。穿上新买
的碎花裙，举起告别的酒杯，为大家唱一曲《最
后一夜》，我的声音变得沙哑，听的人却泪眼婆
娑。欧美新移民文友的法南相聚，是一次疫情
时代的文学远征，也是在笑声里化解的绕指柔。

寻找雨果

乘着古老的小火车驶进巴黎，心里充满了"外省人"的兴奋。窗外风景如梭，司汤达《红与黑》中那英俊的小伙子于连曾为了铺就征服巴黎的路付出了生命和爱情，福楼拜笔下的包法利夫人正为着自己"巴黎梦"的破碎在村镇里伤心地饮泣。这通向巴黎的路，曾经承载过多少历史的沉浮，就是巴尔扎克、雨果，也把自己心爱的人物推向了这条沉醉与幻灭之路。那个可望而不可即的巴黎，香榭丽舍的浮华笙歌，是多少"外省人"胸中永远的痛。此刻，我感觉自己也仿佛是那漫漫长途上的"外省人"，越过了生命里多少的藩篱，终于走近了梦想中的巴黎。

天空亦如18世纪的一般蓝，风里面依旧浮

游着那说不清道不明的香。伏在窗上遥望秋光里的巴黎，竟是满目灰色的衰败，巴黎就好像一个衰老的贵妇，脖颈里衬的依旧是上好的绸缎，那丝丝缕缕的灰白发间还是镶嵌着永不褪色的玉簪。

漫游在巴黎的街巷，蓦然就会撞见罗丹雕塑园的群休剽悍或是毕加索画坊的深藏诡秘。然而在我的巴黎梦里，最深层的记忆却是那飘着胡须在风雨中永远疾走的伟大雨果。我仿佛看见那1885年，法国人以英雄之礼盛葬八十三岁的雨果，凯旋门下，送殡者竟达八十万之众。

巴黎的黄昏，街上忽然斜风细雨。随意走进路边的一个玻璃窗环绕的小馆，学着巴黎人的样子享受一顿生蚝海鲜的大餐。儒雅的侍者将白葡萄酒用白布巾细心地包了，盛放进冰盆里，再端来高脚盘上堆砌得色泽鲜亮的各式虾贝蜗牛，桌面上是配好的各样佐餐的酱汁。正吃出好味道，目光怡然地摇向窗外，忽然一个惊呆，那街口的牌子上竟赫然地写着"维克多·雨果"，一问，果然门前的这条小街就通向雨果在巴黎的家。

甩下未尽的酒菜，在细雨里顾盼寻觅。雨果家真的不远，就在一处街心花园的角上。那是一排镶着拱形门廊的石壁房子，古旧却结实，雨果住的是其中一个拐角上的吉祥6号。因为天色已晚，故居闭锁，我们所能看到的只是那个小小的刻着雨果名字的木牌。站在空荡冷寂的门廊里，清秋的寒风拂面，细雨喑哑无声，我心里涌出无法言说的满足和怅然。怀想自己少年时捧读雨果的《九三年》《悲惨世界》，感叹那个时代的雨果出身贵族豪门，却动情描写下层社会，他的激怀壮烈比起巴尔扎克的还债度日完全是两重境界。如今，跨过了多少人世间的万水千山，真的就走到了雨果的门前。多么想敲一下门，轻轻地问一声："雨果，你在家吗？"

暮色降下来，我却不忍离去，就静静地在那阴沉沉的长廊里张望徘徊，努力想象着当年那个面色冷峻的雨果如何夹着书稿从这里匆匆出入。这个1802年出生在法国东部的将军之子，牵着母亲笃信宗教的温暖之手，一步步地走近巴黎，走向 19 世纪法国文坛的峰顶。就是在这阴冷幽深的长廊里，富足的雨果看见了王室的丑恶，更看见了下层劳工的苦难。眼前的潮湿抑郁，正吻合着雨果当年无尽的忧患和激愤。

那个夜晚，巴黎一直飘着蒙蒙的细雨，地上浸润着亮亮的水色，仿佛尽是雨果生前的斑驳旧影。我在想，雨果也会有属于他自己的快乐时光，春日暖阳的午后，他或许到这附近的某个酒馆，约那个同时代的将军之女、同样喜欢用文字来讴歌自由的乔治·桑姑娘来喝上一杯。正想着，就真的在隔邻的不远处发现了一个年代久远的咖啡馆。馆子距雨果的家仅有百米，小得只能容纳一对情侣，但门外设有两张小桌，供路人歇息。刚刚坐下，身旁的一位慈祥的长者，会讲英文，看我来探访雨果，很有些感动。他问我知道多少雨果的作品，惭愧的是我当年读的都是中文译本，法文的书名竟说不出。老人却兴奋地如数家珍，仿佛雨果是他多年的旧友。我们一起回忆那"九三年"巴黎的风暴，怀想"冉·阿让"的

"悲惨世界"，最后说到"钟楼怪人"加西莫多，大家亲昵地拍肩而笑。

邂逅雨果的家，挥别那位守候着雨果的街头老人，我觉得自己才真正走进了巴黎，回到了久别的精神原乡。其实，巴黎就是献给人类的最壮烈也是最深远的一个梦，她的万种风情，绝不是华丽的皇宫和名胜，而是这座城市真正的灵魂——熔铸在文学艺术里对自由理想的执着。徜徉在巴黎的土地上，我的感动是看见今天的巴黎人依旧那么爱读书。摇荡在早晨的地铁车厢里，无论年老年少，地道的巴黎人总是个个手中有书，汲取着文字里的给养，依托着自己的精神梦想。巴黎人从来没有忘记，文化才是这座城市真正的骄傲。这让我又想起了雨果，想起了文学留给巴黎的真正尊严。

意大利的随想

那是 2012 年秋天，看无边落木，想起神秘的玛雅人预言，不知道这个星球将要发生什么。

当年的玛雅人真是有点聪明过头，自己在消失之前还要预见一下今天的人类是处于预言中的"第五个太阳纪"，而之前的四个太阳纪已过。玛雅人最不该说的就是每个太阳纪完结之时，都会出现大灾难。于是他们记录的第五个太阳纪结束的时间是 2012 年 12 月 21 日，吓得我们够呛。实际上，这个日子只是一个新时代的悄悄开始，玛雅人懒得再往下计算而已。

尽管地球上没什么人相信玛雅人这个预言（除了好莱坞的导演），但我心里还是有强烈的不祥之感。人类今天的发展，完全是加速度，其实就是加速度地消耗和破坏地球这个美丽的家园。科学家们说，人类刚刚逃脱了小冰期的蹂躏，却又陷入全球变暖的危机。其实地球的气候是不断循环的，寒冷的冰川期和温暖的间冰期相互交替，冰与暖就在转化的一瞬间，人类与地球的命运，完全不容乐观。已经有科学家断言，地球会很快面临一个大冰期，暴风雪会让城市陷入瘫痪，农作物遭到破坏。更可怕的是，新的寒冷气候会提前到来，几乎没有任何预兆，让人们措手不及。美国最近的《发现》杂志撰文：有迹象表明，第五纪冰川期即将来临，目前的地球正处于第四纪大冰期的后期。

每每想到这些，就想到了那首伟大的古诗："生年不满百，常怀千岁忧。昼短苦夜长，何不秉烛游！"在我们的腿还没有退化之前，行走是必须的，至少在我，旅行才是生命存在的最好方式。2012年，在这个新旧交替的时刻，想去的地方却是意大利，那里有"文艺复兴"，有来自艺术的力量，还有宗教的力量！

2012年，真的不能再等了，听说威尼斯城的海水已经淹到人膝盖了。怀想公元前，恺撒写他的《高卢战记》，那时的高卢就是法国，在他眼里可是蛮荒之地，意大利才是早年欧洲的政治、经济、文化的中心。

出发前向亲友告别，在超市的门口遇见一位七十多岁的张先生，听说我要去罗马，竟然晃着他满头的白发，对我说："在罗马一定要找个理发店，理一个奥黛丽·赫本的头发！"说完他自己就笑了，笑得那么年轻，又加了一句："最好骑上一辆摩托车！"

罗马的中国人

到达罗马是在一个普通的早晨，我们乘坐着最便宜的大巴进城。简直不能相信，这摇摇晃晃转弯抹角的机场大巴就在那古罗马的废墟里穿行，车子钻过古城墙之门，两旁都是千年古建筑的残垣断壁，前方就是斗兽场和元老院，我的脑海在一瞬间时光倒流，告诉自己真的是踏上了古罗马的土地。

　　隔着玻璃的窗子，望着帝国大道上耸入云天的松树，我好像听到了当年的罗马三巨头，听到了克拉苏和庞培共同扶持恺撒的声音，那空气里好像有着马略和苏拉大战的血腥！罗马人在讨论着要共和还是要专制，他们向人类提出了一个最难的题目。历史，是多么诡秘和不可思议。

　　大巴上的旅人多数都在罗马火车站下车，那里是罗马的交通枢纽，汽车站、地铁站就挨在一起，成为这个城市最重要的中心地标。出发前就听人说罗马火车站的小偷特别多，我们站在火车站的广场上，并不见小偷的踪影。先生的背包里只放了一件外衣，没有任何贵重的东西，但总是被什么人拉开了拉链，刚刚合上拉链，走着走着又被什么人拉开，但我们是毫无知觉，小偷的水平真高。

　　事先就在网上找好了中国人开的经济家庭型旅馆，口碑相当好，地址就在火车站附近。沿着街面走了两个路口，拐进一条小街，就是小旅馆的门牌号。一幢四层的小楼，电梯小到只能进两个人，需要自己用手把电梯的门拉紧。

迎接我们的是一个年轻的中国女人，她的名字叫依萍。

坐下来休息才知道，女老板依萍来自安徽芜湖，当初来罗马时一无所有，她先在亲戚的餐馆打工，然后帮老乡到火车站给小旅馆拉客。依萍很聪明，人也诚恳，又是女子，很让人信任，所以拉到的客人越来越多。后来，她竟然用自己的积蓄贷款买下了火车站前的一套公寓，那时候罗马正闹经济危机，公寓大降价，等她买了之后意大利改为欧元区，房子的价格立刻涨了一倍！这就是运气，但运气并不是随便给什么人的。于是她有了自己的小旅馆，加上她先生的帮忙，生意越做越好，如今他们俩已经拥有两个家庭旅馆了。

住在依萍舒适的家庭旅馆里，很是为罗马的中国人骄傲。依萍能吃苦，有智慧，白手起家。她特别注意向西方人学习，比如房间的干净程度、早餐的西式标准，绝不马虎，绝不偷工减料。只有这样，她的客人才会源源不绝。不过，说起罗马的中国人，依萍也告诉我们，就在罗马的火车站附近，云集着很多中国人的店铺，这些店铺主要以批发服装为主，但前些日子当地的居民向罗马市政府请愿要求取缔这些中国的店铺，原因是中国的批发商破坏了当地的人文环境。

据依萍的描述，从前的罗马火车站附近，都是些五六层的老房子，楼上是住宅，一楼的商铺都是一家家的咖啡馆、面包店、花店、理发馆、熟食店、服装店以及艺术品店等等，住在楼上的居民一下楼就可以泡泡咖啡馆或者酒吧，很方便地买到蔬菜、面包、香肠，就像电影《罗马假日》里的情景，生活颇为惬意。喜欢艺术的意大利人特别讲究生活的情趣，即使是服装店，店堂里也摆着艺术品以及漂亮的鲜花绿植。即使是理发馆，店里也陈设着油画及老古董。现如今，一家家以批发服装为主的中国店铺逐渐取代了楼下的咖啡馆、面包店乃至艺术品商店，住在楼上的居民们再也不能过那种下楼就能喝杯咖啡出门就能买鲜花的日子了。但是没办法，中国人能挣钱，能付更高的房租，或者干脆买下来。这些做批发生意的店铺主要是以量取胜，在店里面要尽可能多地展示商品，而不再像意大利人那样在店堂里摆设鲜花或者艺术品之类额外的装饰，这样的店铺对当地人来说实在是缺乏魅力，所以住在楼上的居民有条件的就搬到了别的地方，搬不走的就只有抱怨了。

依萍讲的这些故事让我又想起曾经在一些小说里所写的中国人在意大利的故事。改革开放后的高速运转，使得中国沿海的一些城市迅速发展起来，比如温州。个体经济如雨后春笋，温州人不仅向全国各地进军，也开始向欧洲大量移民。这种移民浪潮不是靠读书和留学，而是靠家族企业的滚雪球发展。于是，出现了中国制造与欧洲品牌的价格之战，以服装类最为突出，以至于在意大利的某些小城悄悄弥漫着要求赶走中国人的呼声。所以，在我心里，真希望多一些依萍这样的中国人，能在意大利为中国人赢回声誉。

夜里聊天，想到一个古罗马与中国的传说。

说的是在中国甘肃省的永昌县焦家庄，有一个古罗马村。澳大利亚学者戴维·哈里斯提出，焦家庄的者来寨是古骊靬城遗址，而骊靬城则是西汉安置古罗马战俘之城。有些学者研究认为，在公元前53年，克拉苏所率的七个罗马军团在卡莱战役中败给安息军队时，克拉苏长子没有战死，反而率领第一军团突破安息军队防线，没有再回到罗马，但不知所终。有迹象表明他们在东移的过程中曾被匈奴收留，在后来的汉匈郅支城之战时又被汉军俘虏，最后由西汉政府安置在者来寨定居下来。连英国的《每日邮报》网站2010年11月26日也发了一条新闻，说："DNA分析显示中国骊靬村村民可能是古罗马人后裔。"随后，国内也出现了类似的新闻报道，这些文章说甘肃省永昌县骊靬村民中有不少人是蓝色或灰色眼睛，大多长着棕色或黄色头发，生活习惯也和汉族截然不同，这些村民一直由于奇特的长相而受到歧视。

更有趣的是之后的《兰州晨报》记者报道：尽管不少史学家根据史料记载大胆推断甘肃省

永昌县者来寨村生活的上百名白皮肤、蓝眼睛的村民是两千多年前罗马兵团的后裔，但由于史料太少，这项需生物学、遗传学、生命学、考古学等多个学科联合攻关的研究项目至今仍没有最终的权威结论。但随着"兰州大学意大利文化研究中心"的成立揭牌，关于者来寨村"罗马兵团"后裔的各种不解之谜将再次被提上学术研究议程，我们有理由相信，这项近年来国内外史学界争论的一大焦点将随着研究进程的加快越来越清晰。据了解，该中心成立后立即展开的两项学术研究之一便是"早期中国罗马兵团后裔研究"——利用兰州在中国西北的战略位置，发掘、记录和整理丝绸之路一带关于中国早期与罗马接触的丰富历史资源，以解开罗马兵团神秘消失之谜。

夜已深，关于罗马与中国的话题打住。地球其实就是一个村子，我们都是地球人，都是世界的公民。

好美的罗马早晨，依萍已经送来了早餐，有果汁、鸡蛋、面包。这才看清楚，不远处就是帝国大道。从旅馆的窗户向外张望，身旁就是罗马的第四大教堂！

罗马的"假日"

无数有关罗马的电影给了我们错觉，什么"条条大道通罗马"，其实这个历史名城并没有想象的那么大。大踏步向角斗场走去，很近，才十分钟不到，熙攘的街头还没回过神来，那个跟图片上一模一样、外形上如此熟悉的斗兽场就在上午的阳光下突然间呈现在眼前，简直就是猝不及防。

罗马斗兽场算是世界的八大奇迹之一，有云："大角斗场矗立，罗马便会存在。大角斗场倒塌，罗马就会灭亡。"作家爱伦·坡也曾说过："光荣属于希腊，伟大属于罗马。"站在这苍凉又恢宏的斗兽场面前，时空完全错乱，里面的看台有四层，区分着看客的等级与尊卑。据说公元79年开幕庆典时，有五千头狮子老虎等猛兽与三千名奴隶组成的角斗士血腥搏斗了一百天，观者高峰时可容纳九万人，我好像能听到那山呼海啸般的欢呼声，看到那惊心动魄的人兽交战。一想到电影《角斗士》里的马克西姆斯将军，竟然作为角斗士而流尽了最后一滴血，心里面又痛又悲。

实在不想多看斗兽场的内景，害怕从地底下传来的惨烈，阳光下感觉有一种血腥的阴森之气。回身看见几位身着罗马斗士衣装的勇士，合影之际，看见有两轮马车载着游客飞奔而去，还真有点像是再现古罗马时代的老电影。穿过恢宏的君士坦丁凯旋门，继续看一路的断壁残垣。沿途有恺撒大帝塑像，尼禄雕像，昔日的贞女院和山丘上的皇宫群，卡拉卡拉浴场的遗迹，草丛中的柱头和只留下三根柱子的维纳斯神庙……所谓著名的元老院，其实只是一幢小教堂大小的白房子，静静地立在帝国大道的旁边，我几乎无法想象，就是这幢白色的小房子，掌控着当年罗马的命运，那可是人类最早建立的共和制度。

喜欢罗马，是因为怀念文艺复兴的罗马，渴望看到那些永恒的艺术。于是，找到一路巴士，直奔罗马城著名的波各赛博物馆（也叫博尔盖塞美术馆）。它坐落在僻静的郊外，仅有一幢建筑，被一个美丽的花园环绕着。这个美术馆本来是西皮奥内·波各赛枢机大臣的别墅，他是贝尔尼尼的赞助者，也是著名的收藏家。1613年建成的这座巴洛克风格的别墅，后来直接改成了美术馆，陈列品也以他的收藏为中心，一楼展示雕刻，二楼展示绘画。来这里的参观者不仅要事先买好票，还要按照约定的时间进出，以保证里面的游客不会太多。

波各赛博物馆内所藏的绘画真正是文艺复兴时代的绝世真品，大都以《圣经》、希腊神话、罗马神话为题材。记得波各塞家族成员之一的卡米洛在1803年成为拿破仑妹妹波利娜·波拿巴的第二任丈夫，并获得了拿破仑授予的法国王子、帝国卫队总司令等头衔，但拿破仑强迫他从波各塞家族的收藏品中低价卖给法国政府三百四十四件珍品，这些价值连城的文物后来都成了卢浮宫的藏品。

在神秘优雅的波各赛博物馆，我看到了拉

斐尔的《基督下葬》，画中表现的是基督从十字架上放下来后准备被埋葬的情景，基督手脚上的钉眼还依稀看见，右边的圣母晕倒在侍女的怀中。馆内还有巴萨诺的《最后的晚餐》，与达·芬奇的名作不同的是这幅画中的人物都是些不修边幅、光着脚、举止很随意的渔民，画面颜色鲜艳，有一束斜射的光线穿过酒杯。还看到了科雷乔的《狄安娜》，多梅尼基诺的《女先知》，梅西那的《男人肖像》，贝尔尼尼的《年轻时的自画像》，拉斐尔的《男人肖像》，布龙齐诺的《施洗约翰》等。激动人心的时刻是看到了卡拉瓦乔的《圣母、圣子和圣安妮》《施洗约翰》等，印象最深刻的是他那幅《捧果篮的男孩》! 文艺复兴时代的艺术大师真多，但我怎么也忘不掉卡拉瓦乔，他那种近乎物理意义上的精确的观察和生动，甚至充满戏剧性的明暗对照画法，对巴洛克画派的形成起到了重要的影响。

说到博各塞博物馆的镇馆之宝，应该是威尼斯画派的鼻祖提香的作品《神圣和世俗的爱》，也叫《维纳斯和新娘》。提香的作品被认为是构思大胆、气势雄伟，构图严谨、色彩丰富，充满了戏剧性的气氛和动感的人体线条。馆内提香的作品还有《为丘比特蒙住双眼的维纳斯》，丘比特很贪玩，不知自己手中的箭神力无比，总是到处乱射，他曾误射水泽仙女，让她们彼此相爱，两位仙女很生气，没收了他的箭，找维纳斯来评理，维纳斯为了给儿子避祸把他的眼睛蒙了起来，丘比特的兄弟则双眼紧盯着对面水泽仙女手中攥着的箭篓，耿耿于怀。这些作品都是平生第一次相见，也只能是在罗马！

波各赛博物馆真是让人流连忘返，里面还收藏了大量贝尔尼尼的雕塑作品，其中最重要的就是《阿波罗和达芙妮》《攻占普罗塞尔庇那》以及他自己充当模特的《大卫》，都是著名的传世之作，简直是精美绝伦，看得人只能屏住呼吸，久久惊叹。很多游客在走出大门时发出感慨：只有看过了波各赛，你才知道罗马！

远望雅努斯拱门，一千七百年前的台伯河就在下方流过。俯瞰恺撒大帝广场，再前方就是米开朗琪罗的作品，那闻名天下的卡比托利欧广场，据说是在保罗三世教宗的指令下重建，由米开朗琪罗亲自设计，其中的马尔库斯·奥列里乌斯骑马雕像也是为他移来。从帝国广场绕道后方，就看到了母狼与孪生兄弟的青铜雕像，雕像虽不大，但意义深远，是罗马起源的传说之一，是人喝了狼的奶，那个故事早已成为经典。

　　来罗马的人一定会去西班牙广场，那古老的大台阶是巴洛克大师贝尔尼尼的杰作，也就是当年《罗马假日》里奥黛丽·赫本吃冰激凌的地方。如今因为有太多的游人要在这里吃冰激凌，市政府已经禁止商家再卖冰激凌了。台阶上是圣三位一体的教堂居高临下地俯视着台阶上的芸芸众生，台阶下面就是著名的"破船喷泉"，那可是贝尔尼尼的父亲彼得罗·贝尔尼尼的作品。这广场的台阶好像不是用来走路，而像是用来观礼的，上面总是坐满了游人，我也好不容易找了一处地盘，虽然没有冰激凌可吃，但依然能感受到电影里的那种闲适而浪漫的气息。听说司汤达、巴尔扎克、瓦格纳、李斯特、勃朗宁等大文豪和艺术家们都曾在这一带住过，就在西班牙台阶的右边至今还保存着诗人济慈的家。不过，当短发的奥黛丽坐在这西班牙广场的大台阶上把冰激凌送到唇边的时候，这座台阶才注定了要成为众多影迷心中的圣地。

罗马城的美，除了雕塑，就是喷泉。终于看到举世闻名的特雷维喷泉许愿池，街头的艺人、世界各地的游人将这许愿池挤得一层又一层，到处是照相机的咔嚓声，很多人高举着平板电脑拍照，几乎挡住了我的视线。传说投一枚铜板落水，此生要再来罗马；两枚则与爱人结合；三枚会使讨厌的人离开。我只投了一枚落水，看来还要再来罗马！

罗马的喷泉，最美的应该是在纳沃纳广场。这个广场从北到南呈椭圆形，分布着尼普顿喷泉、四河喷泉和摩尔人喷泉，前两项都是贝尔尼尼的著名作品。四河喷泉立在中央，以四个寓意雕像分别代表四条河：尼罗河、恒河、多瑙河和拉普拉塔河，气势相当磅礴。广场中段的西侧有圣阿格尼丝教堂，完全是巴洛克风格装饰艺术的典范，据说是博罗米尼的作品。那个时代真是英雄辈出啊！在这个伟大的广场上，最让我羡慕的是那些每天画像的小摊主，他们能天天与大师们在一起取暖。

傍晚时才走到天使桥，华灯初放，正好就是电影《罗马假日》里的赫本与乐队周旋逃跑的时间和地点。走在桥上，两旁都是贝尔尼尼的雕塑作品，桥上有十二尊天使塑像，虽然每一位天使手中都拿着一种耶稣受刑的刑具，但看上去舒展而优美，被称为罗马最美丽的桥。桥的尽头就是台伯河对岸的圣天使堡，这里虽然是哈德良皇帝和妻子、养子的入葬之处，但在我的记忆里却是电影里留下的那个娱乐之地。

在罗马，只要还有力气走远一些，就能看见复原的丘比特神庙，坎皮多利奥山两旁矗立着巨人大马的台阶，登上这台阶，你就会发现：又是米开朗琪罗！罗马是座博物城，一抬头，就是雕塑，就是天使。无论历史怎样破败和消亡，艺术都如此永恒。此时此刻，我才终于明白了《罗马假日》为什么会选择罗马！那个聪明的导演，故意让奥黛丽·赫本展露出她那无忧无虑的微笑，又与这些沧桑的历史遗迹交叠重现，热闹而忧伤，青春与岁月，爱情与权利，瞬间与无常，真是一曲难以言说的人间交响乐。

在我的眼里，罗马令人惊叹的是它的历史遗迹，却不是现在活在罗马城里的人。在罗马的街上，有不少靠乔装古代士兵陪游客照相赚点零用钱的罗马人，有些还是老人，偷闲之时脱下头盔，大滴的汗水流下来。还有人在红灯时站在车流前耍点杂技，趁着绿灯开车前迅速地向司机讨要一点散碎银两。还听说罗马的第64号公交车是盗贼的大本营，受害者遍布全世界，但是我们来回坐了几次，运气还不错。今天的罗马，真的已经不是从前的罗马，它只是一个贫富差距非常明显的欧洲都市！但无论如何，在我心里，对罗马人还是充满了深深的感激，因为他们努力地保护了自己的历史。

罗马入夜，灯火更加扑朔迷离。感叹"罗马假日"，让我看到了一个群星灿烂、大师辈出的时代。在这里，中世纪的黑暗被终结，人的精神生命得以"再生"。

"翡冷翠"的光与影

想念意大利，想得最多的并不是罗马的刀光剑影，而是佛罗伦萨浸染在油彩里的光影。

都说看佛罗伦萨应该飘些小雨，凄雨绵绵才是徐志摩笔下"翡冷翠"的味道，但我更愿意看秋阳明媚，所有的色彩在透明的阳光下更显夺目。

那年住在市中心的小街上，离圣母百花大教堂不远，沿途的一排小商铺，简直迷死人，拐角上有一个卖皮带的小铺，竟然还有专门为女士准备的那种软皮的腰带，各种颜色，真是爱不释手。

完成于1436年的圣母百花大教堂，外壁竟然由白色、绿色和粉红色的大理石砌成，色彩惊艳又神圣。大堂内能容纳三万人，东边的一道门是"天国之门"，谁敢说自己从没做过坏事，就可以走这个门，可没人敢这么说，于是这个门就关了一千多年。仰望巨大的穹窿顶部，圆顶内侧的壁画是美术史家兼画家瓦萨利的湿壁画名作《最后的审判》，冷冷地俯瞰众生。

佛罗伦萨的神奇是那座古怪的维奇奥桥，已经有七百多年的历史。桥上都是老式的房子，样子层层叠叠，颜色各异，很像是画家的设计。意大利有幅名画叫《但丁与贝特丽丝邂逅》，画的就是一男一女在这桥上偶遇，油画上的桥就是这座老桥。

每一个游走在佛罗伦萨的人，都喜欢过了桥走上皮提宫旁边的山坡，那就是著名的米开朗琪罗广场。因为站在这个高高的广场上，就能俯瞰整个佛罗伦萨，所有的房子，都是橘红色的屋顶，奶白黄的墙，各色的窗子装饰其间，高低错落成梦一样的图画。

在佛罗伦萨，一定要去拜访一下但丁的家。但丁当然不在，但总有人在他家的门口表演，朗诵的正是他的作品，我虽听不懂意大利语，也激动得鼓掌。傍晚走在街上，抬头可见的不仅仅有但丁、达·芬奇和米开朗琪罗，还有"人文主义之父"彼特拉克、"欧洲绘画之父"乔托、"现代科学之父"伽利略、"现代政治学之父"马基雅维利、写实主义与复兴雕刻的奠基者多纳太罗、第一位掌握透视法的画家马萨乔、写下第一部完整建筑理论著作的阿尔伯蒂和意大利肖像画的先驱波提切利等等，还有无数生活在这些巨人的前后左右也足以称作天才的文艺复兴各路人物。艺术家与文学家交相辉映，正是但丁的《神曲》深深地拨动着米开朗琪罗的心弦，直接影响了米开朗琪罗创作出他的那幅著名的壁画《最后的审判》。

据说当年的达·芬奇告别了米兰回到家乡佛罗伦萨，先在市中心租了一个小屋子做画室。有一天出门散步，却听到一个熟悉的声音在哀伤地朗诵着但丁的诗句，他走过去看见在教堂门口站着一个身材佝偻的人，原来就是他当年的师兄波提切利！

佛罗伦萨的骄傲当然是米开朗琪罗的大理石人体雕塑《大卫》，就在小巷深处的国立美术馆，"大卫"高高地立在展览厅的中心，两倍于真人大小，通体洁白，健美昂扬。忘记了是哪篇文章里这样写道：如果说看完佛罗伦萨要一年，读懂佛罗伦萨要一生，那么"触摸"佛罗伦萨只需要"大卫"转身的一瞬。

想想比达·芬奇小二十三岁的米开朗琪罗，居然敢接受那件高达五米多的都奇奥圆柱石。当年的佛罗伦萨市议会大厅中曾出现了两幅壁画，作者分别是达·芬奇和米开朗琪罗。这场艺术上的公开较量正是在《大卫》雕像完成之后。佛罗伦萨至今仍然能感觉到他们两位相遇时如何迅速地交换目光，又如何在嘴角边各添上了把话咽下去的细微动作。

雨夜的佛罗伦萨更是浓得化不开，满城的雕像，满城的艺术，整个城市都是美术馆。随处可见的街道、广场、庭园、空地上都矗立着各式各样的巨大雕塑，有些是单独的塑像，有些是规模宏大的雕塑群，或张开双翼的躯体，或冒出喷泉的嘴巴和颅顶，或裸体男女相拥，或圣母怀抱圣婴。在雕塑之外，还有数不清的建筑艺术，从拱顶、圆柱、石阶、钟楼到蓝天背景下的乔托钟楼，佛罗伦萨，到处闪射着它千古不灭的光芒。

佛罗伦萨让人无眠，因为我感觉到自己在

与但丁、达·芬奇、米开朗琪罗、拉斐尔、薄
伽丘、伽利略、鲁本斯、提香等巨匠们共同住
在这座城市里。伟大的文艺复兴从这里出发，
在欧洲拉开了近代史的序幕，最终演化为一场
思想与艺术的飨宴。是"翡冷翠"的光芒，成就
了今天的文明世界。

"冻颜"的古城

选择坐火车去锡耶纳，因为想多看看意大
利乡村的风景。火车启动，窗外果然是绿色的
田野山脉，时不时在小山坡上就会出现一个家
族的古堡。还没看够，竟然就到了。

这个锡耶纳城位于南托斯卡纳地区，建在
阿尔西亚和阿尔瑟河河谷之间基安蒂山三座小
山的交汇处，那是公元前 29 年。这个小城在历
史上曾经是意大利贸易、金融和艺术的中心，
现为锡耶纳省的首府。作为意大利最完美的中
世纪城镇，"锡耶纳"在绘画语言里即为赭黄
色的意思，如今正好成了这座中世纪古城的主
色调。

　　进了锡耶纳，路上竟没几个人懂英语。终于到了家庭旅馆楼下，抬头一看，哇，这真是一幢八百年前的房子，叫Alizzardo's Family Building，已经传了好多代，楼梯都是古老的大理石，房间里的家具看上去都像古董。住在这样的房间里，感觉自己恍若回到了中世纪，完全不是住酒店的那种感觉。最令人高兴的是，这里就是锡耶纳的心脏地段，它就在贝壳广场的旁边！

　　眼前的这个巨大的贝壳广场，从14世纪起就是锡耶纳的政治、文化、艺术中心，是锡耶纳的灵魂所在。其独特的贝壳造型堪称建筑史上的杰作，从高处俯瞰，这个广场呈巨大的扇形，共由九个部分组成，分别代表锡耶纳政府的九个成员。广场的中心是三座山的山脊交界处，四周是宫殿组成的圆弧，有一座美丽的喷泉立在正中央。贝壳广场经常举办各种活动，夏季时有很多的音乐会，在广场上露天演出，据说曾有几万人在这露天大剧场上齐声大合唱。每年在这里举行的赛马运动，可谓是举国瞩目。

　　都说锡耶纳的美是时光穿越的美，因为这座城市从中世纪至今在外观上几乎没有什么改变，但在骨子里却融合了现代艺术的精神。老城区在 1995 年被联合国教科文组织列为世界文化遗产，因为老城的格局非常奇特，神秘而通幽，上坡与下坡，回头就是别有洞天。街道是绕着圈圈走，很容易回到原点。

　　好喜欢夜里在锡耶纳的老城散步，小街旁到处是小餐馆，就三两张桌子，好像家家都是小馆。我们还发现了一家上海餐厅，里面卖小馄饨、生煎包之类，这让我想起在佛罗伦萨的火车站，第一眼看见的就是京都大酒楼。

　　在锡耶纳，流传着这样的故事，当年的百花大教堂请米开朗琪罗来这里准备做十五件雕塑作品，但是他只创作了两个雕塑，就决定离开奔赴佛罗伦萨，因为他要在那里完成他一生中最伟大的作品《大卫》。

　　走进锡耶纳的圣母百花大教堂，我点燃了蜡烛，轻轻放在祭坛上，怀念那个伟大的艺术时代。

"沉船"威尼斯

去威尼斯的火车正风驰电掣，车厢里有各色的人，空气中弥漫着一种零食点心的甜香。从佛罗伦萨到威尼斯，仅仅三个小时。

欧洲的火车一般都不拥挤，座位宽敞，很舒适，也很容易就看清楚车厢里的人。我发现在走道旁边的座位上有一个年轻的中国女子，一问果然是来自中国南方。我们聊起来，知道她来自温州，几年前带了十五万元人民币来到意大利闯荡，但一直打拼得很辛苦。刚开始时她为亲友打工，后来自己开个小店，但因为不会英语，哪儿也不敢去。这次是终于在威尼斯发现了一个乡亲朋友，才想出门去看看。我们继续说到温州人在欧洲的境遇，她感叹道："其实这里的亲友都各自独立，因为每个人都不容易！"

威尼斯到了，走出火车站，迎面就横着一条河。真的是水城啊，只有船这一种交通工具。不过下了船，威尼斯的路很好走，谁都知道圣马可广场。还好，我们进威尼斯时是白天，海水并没有淹上来，远远就听到威尼斯的钟声，想起海明威的小说《丧钟为谁而鸣》。

在威尼斯，沿路看见很多的中国人，感觉非常有钱的样子。这些来自中国的豪客让我忽然又想起火车上的那个备受煎熬的温州女子，到底是出国好还是不出国好？这种强烈的对比让人不禁要感叹时代的命运和人的命运。

我们住的小旅馆就在圣马可广场的旁边，是一座很僻静的小二层楼，特有艺术感，一问原来这儿就是一位音乐家的老房子，里面的陈设简洁但很美，尤其是床头上的雕饰，优雅极了。由此想到威尼斯这座城，人们在尽量地维护它原来的样子，而不是根据眼下的需要去大规模地重建。

晚上，只要出门走上几百米，就到了圣马可广场，水城的夜景真是旖旎多姿，只要随便找一条街走进去，都是美不胜收。那河水竟是翡翠般的绿，水里有淡淡的来自大海的味道。随意坐在河边，喝一杯咖啡，或者要一杯酒，桌上放一把花生，看着河里来来往往的贡多拉，也不知是我们看他们，还是他们在看我们。

夜晚的威尼斯比白天更美，大队的游客散去，剩下我们这些住在城里的背包客。有人去听歌剧，有人在喝酒，更多的人在逛那种五光十色的玻璃品商店。

怎么也没想到，当夜的威尼斯开始涨潮了，而且是威尼斯一年中最大的涨潮日。眼前的景象一变，人们忽然如大敌当前，可怜的商家们在努力地堵截着海水的进入，而威尼斯人自家用的小船已经无法再划进他们设在后院里的门洞。

在这个威尼斯涨潮的夜晚，我就站在圣马可广场上海明威曾经喝醉酒的地方，看着海水从脚底升起，然后慢慢地淹过了整个圣马可广场。此刻的空气里完全没有了喜悦的气息，尽管我看到舞台上的乐师们还在镇静地演奏着音乐，那一刻，我的眼前已经不是古老的威尼斯，而是一艘人类的沉船，一艘正在慢慢沉下去的城市之船。我们这些船上的人，也只能学那些舞台上的乐师，面色神圣，怀抱着自己最喜爱的乐器，直到生命的最后一天。

美丽的威尼斯正在下沉，听说这里每年都要经历六十多场海水的淹没，1966 年的那次最可怕，谁也没办法将这座城市挽救。看着圣马可广场上那些没有路走的人们，看着那些临时搭建的人造桥，看着淹在水中的教堂，深切地感受着地球在变暖，海水在上升，还有多少历史的名城最终将被海水淹没？今天是威尼斯，明天又会是哪里呢？地球啊，我们的家园，真的不是越来越好。又听到广场上敲响的钟声：醒醒吧，人类！

登上钟楼远望，虽然风大、雨大，但美丽的威尼斯还是清晰如故。远处的大游轮正停泊在港口上，从世界各地来的游客正在涌进这座将要下沉的城市。低头看圣马可广场上的人在买那种套在脚上的雨靴，或者干脆就挽起裤脚，很多男人背着女人，或背着孩子，涉水而过，不像是旅游，倒像是逃难。11 点是涨潮的最高水位，圣马可广场偏偏又是威尼斯的最低处，简直就是水漫金山，大洪水来临。不过，广场上已有事先准备好的桌子，连接起来，可以当作临时的浮桥。我的心一直在下沉，没人能救得了这个广场，威尼斯的人也知道，有一天，这个神圣的广场一定会完全沉入水中。

虽然威尼斯在下沉，叹息桥上的风景日日在改变，但威尼斯人还是在心平气和地过日子。面对这个正在被耗尽、被损坏的世界，个人甚至一座城市，都只能是面对和接受。无奈的威尼斯人每天仰望着教堂的尖顶，倾听着钟声，他们对天敬畏，对神敬畏，他们或许相信这就是神的安排，神的旨意，所以即便是将来付出了沉没的代价，他们也只能甘于承受。因为，"神"的想法，我们"人"并无从知道。

走进阿尔卑斯山

　　戴着加黑的墨镜，也能感觉到得克萨斯夏日阳光的酷烈。因为是中午，去布什国际机场的路到了市中心的麻花地带就开始左右夹击，四个车轮只能向前勉强地滑动。

　　我对眼前的这个叫休斯敦的城市太熟悉，那几座地标式的高楼好像都被我这些年看得老态龙钟了。裹挟在两旁的钢铁洪流中，看那前后左右乘车奔波的人，或躁动不安，或哈欠倦怠，辣辣的日光下，莹莹的汗迹渗在一个个车窗内油亮的脸上。

　　前方似乎出了车祸，不耐烦的车喇叭急促地叫起来。人们在左突右冲，想要杀出自己的路。

　　开往机场的路上，车速突然快起来，思绪也跟着畅通起来。真是巧，正在我苦思着"逃离"之路时，一位二十年不见的大学闺蜜忽然来电话邀我前去攀登阿尔卑斯山！这简直就是冥冥中的"神意"，生命太短，必须秉烛夜游，如此的诱惑，我感觉自己都有些奋不顾身。

终于看见了布什国际机场的招牌，仿佛是跨越了千山万水。去欧洲的飞机多在下午，先找了一个角落假寐。旅行，早已不让我激动，但一想起那位早年嫁往阿尔卑斯山的学妹，前尘的往事随即翻腾起来。

我的这位"瑞士新娘"，当年曾与我一起就读于位于古城的西北大学。人长得温婉淑慧，追求者就天天敲门。或许是"捡尽寒枝不肯栖"，终究来"过尽千帆皆不是"。毕业后忽然与外语学院教书的一瑞士小伙上演了一幕师生恋，我等大惊，她只说"太累，想换一种活法"，未及相劝，她已从长安嫁到了瑞士的阿尔卑斯山脚下。几度风雨几度秋，我还正想去看看在那阿尔卑斯山的深处她的"活法"是否真的安好。

为了便宜机票，飞行的首站选了接近北欧的阿姆斯特丹，夜半醒来星空中一道霞光，脚下已是欧洲大陆。出机场的瞬间，只有一个感慨，那就是欧洲老了，工业革命老了，文艺复兴老了，文学老了，艺术老了。

星夜乘火车沿着莱茵河南下，打开在农贸市场买来的烧鸡，一瓶德国的啤酒下肚，前方就是瑞士，阿尔卑斯山已经在望。

铁轨在轻轻地敲打，敲打着我对瑞士火车的咏叹。展开瑞士地图，火车如蜘蛛网般密布，且通向各个村寨，无论是山村还是水乡，出门就与外面的世界对接。整个瑞士，俨然就是一个山水大公园，到处是火车站，从无检票口，旅客只需提前两分钟到达月台即可，如果下来换乘，也不会超过三分钟。最让我吃惊的是旅客们竟然看着火车的到站来对手表，不会差一分一秒。

在苏伊士大城换乘瑞士的国内列车，到达女友居住的山乡小镇已是晚上9点。来接站的是女友的黄头发先生，日耳曼人的身材，脸上笑成一朵菊花。他能讲一口流利的中国话，完全惊到我，他说这是必须的。路上才知道我的那位女友不知什么时候成了太极拳大师，正在给瑞士的老人家们示范柔中带刚、阴阳相济。路上还听黄头发先生说中国的《易经》很了不起，瑞士人正在苦读，说得我心里不知是悲是喜。

车子穿过乡间小路，日耳曼先生说瑞士的乡村受到国家的保护，绝不允许工业发展的污染。说话间出现一座白色的两层小楼，这便是他们家的"村舍"。从楼梯上跑下来一对儿女，儿子高高的鼻子，女儿深色的大眼睛，让我乐不可支的是他们都讲着陕西腔的汉语。客厅里挂着一个大大的毛笔字"爱"，门廊上还悬着两个大红的灯笼。我笑问女友："你真把中国搬到瑞士来了？"她说："可不？等一下请你吃我的油泼辣子！"

那一晚睡得好踏实，主要是静，连鸟儿都不曾相扰。早上起来终于不看电脑，不打电话，晨光中推开门户，青青的草地圈着家家的农舍，田园里弥漫着透心的安详。天空湛蓝，干净得一尘不染，每家的牛棚对面是绿色的垃圾站，扔易拉罐一定要转动搅扁，家里做饭剩下的菜根杂碎都要倒在一起做有机肥，丢瓶子还要分好颜色，去超市买东西必须要自己拿上塑胶袋。女友还告诉我一个故事，一个瑞士老人在路上拼命追赶，原来是要追赶一片废纸！

很久没有与自然这样地贴近，青山就在眼前，一个深深的呼吸，仿佛已呼进雾气里松针的清香。女友家的门廊上立着原木的树雕，刀斧粗粝，正与这山中的氛围相融。我细细端详那木栏里的青草地，错落高低起伏，一问女友，原来她从不用机器剪草，而是牵来邻家的羊啃上一番！

早饭后女友带我登山，去领略阿尔卑斯山真正的苍翠，顺便也享受一下他们建在山腰里的世外桃源。

山路并不陡，系着铃铛的牛群循声跑近我们睁大了眼睛，放牛的山民亲切地跟我打招呼。我这才知道，瑞士人大多生活在山上或山下，政府为了保护原始的生态环境，特别奖励山民放牛，所以这里牛倌的收入相当好，他们过着无忧无虑逍遥自在的日子。沿途是郁郁葱葱，没有人敢砍伐山林，这里倒下的每一棵树都要重新栽种，留给后代。

登到一定高度，女友让我回头，说对面的山峰过去就是奥地利，那山下白白的一条带子就是莱茵河的源头。我们漫步在两百年不曾有战争烟火的山坡上，看两个孩子在翠绿的草地上欢快地跳跃着，那图景好像是回到了《音乐之声》!

说话间，前方就看见一座古朴的木屋立在空旷的山坡上，女友说那是他们建在山上的家。我的心猛地跳起来，平生最浪漫的故事里就盼望这样一幢大山深处远离尘世的小屋，沐浴着风雨，看流云，听樵夫的歌，如今真的就在眼前。

女友的先生打开了陈年老窖的红酒，烘烤的香肠翻着螺纹的花。远远的一队牛嗅着鼻子跑将过来，齐齐地一排站在绳栏的外面翘首。饱饱的雨滴开始落下来，我们在小木屋里煮加酒的咖啡。一位放牛郎敲门进来，带来一包脆甜的饼干分享。他看我们要下山，雨又不停，便开来了他的吉普车送我们一程。真没想到，这阿尔卑斯山上的汽车路已通到了山巅，更没想到瑞士的放牛娃竟开着这么好的奔驰车。

到了山下，雨停了，洗礼过的小镇愈发清新鲜泽。小教堂的白尖顶，小学校的花砖，小墓地的芬芳，小邮局的绿筒，小银行的门廊，尽头还有小旅馆的浓荫，而那购买菜肴的超市就在自家的门口，瑞士乡下人的生活就是这样精致、方便，又是这般宁静、怡然。母亲生下孩子有政府的补贴，学校里负责孩子们的健康，在这个人均国民生产总值位居世界前列的国家里，没有家长非要逼着孩子拼命考试，女友告诉我，他们对孩子的最大期望就是将来做自己喜欢的事！

山中的黄昏早早暗了，外面又有淅淅沥沥的小雨，是天在留人哪，心里满是浓浓的不舍。女友在为我烧一顿地道的中国饭，她变戏法似的从地下室里拿出了鱼虾海鲜，还有自己种的有机蔬菜。说起这些中国菜，她讲给我一段有趣的经历：因为她是这小镇的居民，所以有权力谏当地的超市进中国菜，结果超市第一次进了一堆茄子却苦于只她一个人来买，最终还是取消了，她只好自己来种了。这个故事让我真是感动又感慨，小小超市，也是每一个居民的超市，小小茄子，也是人的尊严。在瑞士，公民的权利很大，宪法规定，若于一百天内有五万公民联署，就能对议会所通过的法律或政令发起公民投票，甚至提交全国投票。

对酒当歌，人生几何？想那今夜山中，有风，有月，有更深的静！瑞士啊瑞士，你这个只有八百万人口的小小山地国家，却为我们的地球保留着最优雅纯净的自然，为人类创造着和平与富足的神话。我对女友说："这一路逃来，你让我看见一个绿色的世界。人只要敬天，就能看见希望和未来！"

去新西兰

世上很多事，是在它结束的时候才真正开始。比如旅行，比如游走在新西兰的故事，当我离开之后，她的美貌竟然更鲜艳地呈现。就像歌里唱的"青砖伴瓦漆，白马踏新泥，梦里有花梦里青草地"。

这些年走过美洲、欧洲大陆，一直生活在北半球的我特别渴望去大洋洲，首选的目标是新西兰。

那是 2017 年的秋天，天空中的鸟儿都在自由地飞翔。出发前查了资料，新西兰是火山形成的地貌，北岛为秀，南岛为雄。都说瑞士的美是深藏不露，那新西兰的美就是光天化日。一想到这大自然奇绝的山水雕刻，还未登上去大洋洲的飞机，我已情陷在遥远的海天之中。

北岛漫游

走出机舱，出发前的美南秋光转眼变成了早春的气息。来奥克兰机场接我们的是当年的研究生老同学，现在已是博士导师。她的家里开放着黄灿灿的兰花，小猫咪趴在玻璃窗外聚精会神，它看的不是我们，是盘子里的螃蟹和三文鱼。

老友先带我们登高，在沉睡的火山口上鸟瞰奥克兰，真是风景如画，这才明白了为什么三分之一的新西兰人都喜欢住在奥克兰。

在奥克兰博物馆，了解到土著的毛利人与大海相伴。竟然有一个黄姓的中国人在一百多年前就来到新西兰，开始了与毛利人的和谐相处。

漫步在著名的皇后大道，发现精品店的门口都是年轻的中国人，途中经过奥克兰大学的钟楼，沿途所见也皆为中国来的学子。感叹这数十年间，新西兰俨然也是中国人留学或移民的重地。

翌日一早，我们驱车北上。先去半岛的动

物保护区看海看鸟，在草地上享用了朋友准备的红烧猪蹄与葱油大饼。再继续沿着狭窄的海岸线奔驰，右手边的大海温柔地卷起一层层浪花，传来旋律般低吟的歌唱，远处是美妙的海礁，近处的大树在风中摇曳，这样的风景，既像是母亲手依着摇篮的爱抚，又像是父亲迎面走来的击掌。真想不到，在这大洋的深处，一座座火山灰的熔岩之上，留下了一个既温柔又雄浑的大自然的天堂。无论你想冒险，还是想放逐，无论你的心里藏了多少忧郁，还是掩埋了多少快乐，眼前的一切，都会让你轻盈地飘起来，让你成为海的女儿。

此行北上，正是要去看一位海的女儿，她是一位作家，当年来澳大利亚访学，一场邂逅的爱情把她带到了新西兰，如今的她就住在大海的怀抱里。好多年前她送我一本《晕船人的海》，叫我来看她的海，已经过去了十五年，我终于踏上了这条看海之路。

去她家的路弯弯曲曲，爬上一个山坡，却是没有路了，也没看见屋舍，电话里她说到了，但需要开车来接。原来这座小山就是她的家，远远看见她下了车，打开铁门，给我们引路。她的家坐落在这个小山的脚下，面对着美丽的海湾，难怪我们看不见呢。

好美的早晨，朋友带我们来到新西兰的最北端，这里是天涯海角，360度面对大海，抬头是海，低头是海，回头是海，转身是海，如此的浩瀚更让人感到人的渺小。

吃完新鲜的薯条炸鱼，我们从海天茫茫来到了黄沙漫漫，眼前是新西兰的沙漠公园，我还以为是敦煌的鸣沙山和月牙泉，再往前走，又以为到了撒哈拉……

老友还嫌不过瘾，又带着我们一起去下海拾贝，再持枪打猎，晚餐的桌上是野山羊和野火鸡！原本想好了此行是漫游，如今变成了一场悍游。

别离的笙箫吹响，每人一碗长长的陕西扯面，再吹一曲《友谊地久天长》，大门外没有灞柳，好友采一枝山花送我南归。新西兰的北岛啊，真是大美无言。

　　回到奥克兰，舍不得走，去附近看毛利人居住的湿地热泉。浓浓的热气犹如战场后的硝烟，一眨眼的工夫，就变成了空山新雨后，热泉石上流。再走向一个山谷，真是集黄石公园、九寨沟之大全。走到谷底，却是大海，乘了一条小船，看沿岸的火山燃烧，红彤彤的，也不知道哪天喷发，但新西兰人就是在火山的身旁怡然自得地活着。

　　在北岛东岸的罗托鲁瓦，有世界上唯一的萤火虫溶洞，我们的小船在洞里慢慢走，萤火虫构成了星光闪烁的银河。好难忘这附近有一个神奇的海滩，里面都是沙坑热泉。远远望去，无数的头影在沙坑里攒动，我们也学着挖坑，有的坑泉水太烫只好换个地方再挖，直到可以舒服地躺下，就这样望着大海与天空，直到海潮慢慢地涨上来。

　　在北岛漫游的最后一天，偶遇一对德国来的年轻人，说他们背着行李在新西兰已经走了一个月半，说还要再走半年，惊得我们艳羡不已。不禁感叹：年轻的生命真好，能如此潇洒地"挥霍"。

南岛探险

喝过清凉的菊花茶，饱餐了一顿家乡的美食，向奥克兰的老友告别，带着满满的回忆奔赴南岛。

飞机落在皇后镇，冷风扑面，眼前竟是皑皑的雪山。租了新车奔驰在峻岭深处的公路上，心跳都开始加速，一路屏住呼吸，不想眨眼，因为真是太太太漂亮了，发现自己忽然变成了结巴。

先去了古老的箭镇，这里是曾经的淘金重地。小镇依山傍水，游人们也在学着筛沙金。早年这里还有中国来的淘金者，至今留着小屋，成为小镇的观光点。吃着南岛特有的银鱼蛋饼，想象着这条从前的小街，曾是怎样的繁荣又萧瑟。

从皇后镇一路向西，前方以为到了青海湖，又马上到了天山脚下，再看又像蒙古高原。再往前，那山峦好似喜马拉雅山！我想起来了，这里就是《魔戒》在新西兰的外景地。

都说南岛的米佛峡湾最美，我们赶在最后一刻登船，呼吸未能平复，正准备喝杯船上的咖啡，岸上的天河瀑布就迎面而来。惊叫转身，后面是一群群的海豚在追逐着浪花，侧身一看，一堆美美的海狮，解说员直呼我们这趟太值了。

从米佛峡湾返回，路上经过镜湖，也叫静湖。新西兰因为是火山爆发形成的地貌，多山多湖，尤其是南岛，漂亮的湖水目不暇接。这个小小的镜湖，竟然能将绵延的雪山映在湖中，我轻轻蹲下身，告诫水边的小鸭子，千万不要拨动水面，好让那雄伟的山影投入在水的怀抱。

好幸运翌日遇上大晴天，赶紧去订了直升机看冰川。真是好过瘾，俯瞰两个冰川交会在脚下，感觉自己就是那雪山飞狐。直升机把我们放在雪山顶上，就好像回到了上古时代，眼前是地老天荒。

车子开进南岛的西海岸，沿途看潮起潮落，更显出雄奇阳刚之气。有一个千层饼状的巨大礁岩，真不知是如何形成，一层一层等待了多少年，耳畔响起了刀郎的那首《西海情歌》，是缠绵又是决绝。

就在这东海岸，有一天忽然与一群巨大的石头相遇，那每一个奇妙的雕塑好像在诉说自己的故事，它们群居在这里，等待着人类的知音。走在这些神秘的石头缝之间，不禁想到了《石头记》，想这每一个石头都应该是一部长篇小说。

石头的故事没完，沿着东海岸继续前行，嶙峋怪状的石头却变成了沙滩上圆圆的"馒头"，有夫妻并立的双馒头，有儿孙满堂的全家福，也有单身的遗世独立。有些馒头在风雨中开始破碎了，有的已经有了裂缝，但涛声依旧，它们的每一天都照常是太阳升起。

到了南岛的名城奥马鲁，漫步在老城的街道，这里有曾经的登岸码头，蒸汽火车，单轮自行车，还有教堂与钟楼。那天巧遇维多利亚节，好多人穿上了英国 19 世纪的衣服，满街都是怀古的景象。夜里去看企鹅从海上回家，它们成群结队，双双而居，好一个甜蜜蜜的夫妻双双把家还。

　　最后告别的是基督城，此城是英国移民的首次登陆之地。城里有高大的艺术馆，恢宏的教堂，蜿蜒的河流，巨大的花园。可叹 2010 年底的大地震，将城市毁坏，但新西兰人从不畏惧，转瞬间一座新城拔地而起。

　　别了，新西兰，这里是神仙住的地方，是地球上原生态保留下来的最美桃花源！虽然它的交通道路还需改善，很多桥段还只能单线行驶，但当我遇到一长者，问他为什么不能把桥修得宽一些时，他回答说："急什么呢？新西兰就是要磨炼你的耐心呢！"对呀，我们为什么要那么着急呢？这位智者的话让我想了很久很久。

好想多看你一眼

　　韩国，在我心里，既熟悉得如同前世的家园，又陌生得好像是期待已久的他乡。2018 年的秋天，竟然是我第一次真正地走进了韩国，没错，是"第一次"！

　　曾几何时，每年归去来兮，八千里路云和月，从西半球到东半球，中国好像有点远，飞机一口气飞不到似的，常常要在韩国转机，感觉要再深深地吸一口气，才能冲刺到万里之途的最后目标。神秘的韩国，就总是躲在机场帷帐的后面，每次路过她，听到她，闻到她，甚至触摸到她，但终究还是看不清她。

　　多年来喜欢乘坐韩亚航线的一个原因，是飞机上的韩国美食，那贴心的一管红红的辣椒酱，一碟开胃的韩国泡菜，简直就是万里飞行中枯燥胃口的救命稻草。还有呢，就是喜欢看韩国的空姐，还有那首尔机场的宽阔和雅静。

记得是从洛杉矶转机，就开始感受韩国人的魅力。忽然出现的一队空中小姐恍若仙女翩翩下凡，优雅的米色裙装，脖间缠着红条的丝巾，黑色的直发在脑后挽成一个漂亮的古典髻，再罩上绣花的围裙，飘然地在座椅间穿梭，东方式的瓜子脸上总是温婉可亲的笑容，我的心顿时就有了走近亚洲故土的情迷。最可乐的是看见其中一个白人空姐，她也把黄黄的卷发在脑后梳成了一个古典髻，但怎么看就怎么不对劲，感情是一方水土梳一方的头？

在韩亚的飞机上，机舱的地面铺的是木板，卫生间里还插着鲜花，牙刷、乳液等一应俱全，感官上是相当温馨浪漫。回头再打量机舱里的韩国人，发现韩国的女人有着一种朴实的热烈，她们喜欢穿色彩鲜艳的衣服，透出一种活泼，这就很不像日本的女人，过度追求素净雅致，似乎抑制了自己的某种天性。

到了首尔机场，走下飞机的刹那，明亮的

整洁、富足的温暖、大手笔的气概、人性化的室内装修迎面而来，竟让我这个闯遍东西方的旅人惊诧得有些恍然。虽然首尔机场是新修的，但韩国人瞄准世界水准的襟怀和实力不能不让人赞叹。机场里商品琳琅满目的商店，又让人想起韩货在世界各地日益鹊起的盛誉。再说到文化，韩国学者的敬业有目共睹，仅是对汉学的研究，就令人刮目相看。想起那年在哈佛大学的燕京图书馆流连，韩语的书阵实在是洋洋大观。

我对韩国的好感是早先就有的，在美国的韩国人特别自尊自强，他们不仅有民族凝聚力，还有战斗力，恶势力的黑帮从来不敢招惹他们。后来喜欢韩剧，发现韩国人的感情如此浓烈而外露，那种推向极致的"情感"，往往打在观众心里最痛的地方。韩国的女星多隐忍悲情，男星则多情儒雅，正符合东方人的审美。

不过，任何民族的优点都会伴有负面的缺陷，犹如中国人太热爱"中庸"讲究平和却少了创新与进取，日本人的一丝不苟则多了一些机械的压抑，韩国人的炽烈外向也会导致某种脆弱和偏激，过于追求名誉及尊严，也会导致心理上的失衡。"不成功便成仁"固然可敬，但"留得青山在"，才能"东山再起"，在这个意义上，那个出名的电视剧《大长今》，倒是演出了一个民族内在的力量。

每次告别首尔机场，我都有些依依不舍。想念着韩亚航空，期待着有一天再回来，但不是路过，而是从这里走进真实的韩国。

2018 年 10 月 24 日，清晨的北京机场好像都感知到了我的迫不及待，我第一时间拿到了登机牌，放在鼻子底下仔细地看清了"首尔"两个字，转眼间腾空飞翔，俯瞰脚下，中国与韩国，不是一衣带水，简直就是唇齿相依。我的加倍喜悦是这次赴韩国要参加两个国际研讨会，一个是"第四届韩国世界华文文学国际论坛"，另一个是"第十五届青年学者国际学术研讨会"。一幅久违神往的图卷在心里徐徐展开，好像早早就预感了这将是一次丰盛的学术之旅，是我人生途中最美的驿站。

一眨眼的工夫，首尔就在眼前。来机场接我们的是韩国外国语大学朴宰雨教授的一个女博士，叫崔银化，她五官清秀，温文尔雅，真诚的笑容能暖化万物，天然的耐心和修养，立刻让我领略到了蕴藏在韩国民族性中的纯真与善良。

我们乘巴士进城，眼前的一切是多么亲切和熟悉。早年我在美国开录影带书店，不知道看了多少韩剧，如今听到身边的韩语声浪，恍惚中自己好像进了电视剧。想着听着不禁莞尔，那些浪漫的故事会不会真的就发生了呢？

下车就看见了路边的清凉里酒店，一座设计独特的温馨建筑，走进去处处能感受到设计师因为珍惜空间而做出的人性化巧思妙用，简洁大方舒适清雅，虽然空间小，但利用得非常好。最绝的是房间里还有电脑，高兴地打开，但页面上全是韩文，完全无处下手，这真是到了韩国。

当晚就享用到了韩式风味的八爪鱼火锅，那家店很朴素，但充满民俗气息。八爪鱼竟然是活的，因为太喜欢这火锅，我就在心里相信那八爪鱼没有疼痛神经，看着热腾腾的汤锅，禁不住就想喝酒，于是我们每个人都有了一个铁碗。看来是韩国的高寒气温决定了韩国的美食，第一个要素就是"暖"，除了火锅，豆腐煲、铁板烧也都是韩国人的最爱。

因为奢辣，我对韩国的料理一直情有独钟。到了韩国才明白，是因为岛国的资源有限，使得他们特别珍惜新鲜的食材。之后几天的韩国美食，更让我感受到这个亚洲独特的民族因为高寒的气候而爱惜食材并充满创意的美好品质，例如他们会把吃过的石锅饭底再泡上热水就变成了一碗美美的热粥。最有趣的经验是那天学习大家盘腿坐下喝红参鸡汤，等那热乎乎的汤喝完了，我的腿早已麻木得站不起来。

翌日走进韩国外国语大学龙仁校区，眼前层林尽染，葱郁幽深，我们论坛会场的窗外就是一幅山林的美景，恍若仙境。第一次听韩国世界华文文学协会会长朴宰雨教授的演讲《我与华文文学》，朴教授身材魁梧，面有禅意，完全不像韩国电影里的人物，倒像是古老中国的一个文化学者，除了他的汉语讲起来不是那么连贯、抑扬顿挫。

最难忘的日子是论坛的第二天，我一早乘车前往江原道的春川市，参访一位韩国小说家金裕贞的文学馆。一路上我在想，韩国影视业如此发达，可谓横扫亚洲，但文学的传统和底蕴并不深厚，不仅历史上缺少闻名世界的作家，而且当代的文学家也很少听说，可见文学可以提升影视，影视却未必提升文学。

平生第一次听说的金裕贞是韩国20世纪初的作家，他是韩国短篇小说的代表作家，有"韩国莫泊桑"的美誉。在文学馆迎接我们的那位韩国大叔看上去很兴奋，他的口才极好，讲得自己沉醉不已，可惜我们听不懂，担当翻译的那位徐臻博士又总是面露羞涩，究竟金裕贞写了怎样感人的乡村爱情故事还是不太清楚，却记住了他在青年时不好好上学，还喜欢跟踪女孩子，不过这完全不影响他的伟大，当地的火车站就叫金裕贞车站。

　　午后的小雨虽然在淅淅沥沥地下着，但毫不影响我们的车子拐向了春川市的西南，原来在那里藏着一个神秘的南怡岛。忽然听说这小岛曾经是拍《冬季恋歌》的外景地，我的心顿时就加速地跳起来，因为那个冬季里发生的爱情故事，曾经是多少少男少女慰藉青春的经典。

　　上岛并不容易，山色空蒙之中，需要乘一艘大大的接驳船才能到达那半月形的南怡岛，此岸与彼岸，一个是人间，一个是世外的桃源。兴冲冲下船，眼前人流如织，可见这个地方是多么惹人喜爱。不过，我也很怕到处是红男绿女，喧嚣得眼睛有些恍惚，心也不得安静。但走着走着，人流就稀少起来，这才发现原来岛上种满了栗树、白桦、枫树、银杏及水杉，又因为正是秋季，光是树木的色彩就立刻俘获了我的心。

　　必须承认，这是我一生中见到的最美的秋天。想起苏格兰秋天的明丽疏朗，又想起新英格兰秋天的雄浑壮阔，但它们都不如眼前的这个秋天如此缠绵优雅。最奇妙的是，同样的土壤，同样的温度，同样的风霜雪雨，为什么会打造出各自不同的彩枫？那些色彩斑斓的枫树，颜色虽红，但红的层次完全不同，就好像每个人的人生，虽然都能绽放，但因为彼此的沧桑不同，所以绽放的层面就不同。我猜想，那种灿黄色的，就好像是一路顺境走来的女子，柔软的颜色未能经受霜打，所以一直是那样单纯稚嫩的样子。红的最鲜艳的也是最漂亮的那种，就好像是刚刚吸收了天地芳华，由此骄傲地绽放。其实我更醉心于多看一眼那些深红以至于酡红的叶子，它们显然是受了更多的风霜，红得那么稳健，犹如晚霞一般默默无语。

徜徉在南怡岛，它不是花园，却胜似花园。平生爱花如命，这一次却觉得这岛上的树叶争奇斗艳，竟然比花更迷人。尤其是那些落在地上的叶子，美得如同花毯，让人不忍踩在上面。岛上有一条小铁路，那些灿红的枫叶就落在铁轨上，花雨的落红几乎掩盖了铁轨的颜色，我和日本的女作家华纯小心地走上铁轨，看着那些叶子美得让人心痛，因为我们都立刻想起了

"零落成泥碾作尘，只有香如故"。感叹那些落红，并未随风飘去，而是一直坚守在树下，它们的颜色一点都不比树上的衰败，经过了雨水，更顽强地展现着自己的存在，虽然死亡就在前面，也要把最美的样子献给这个世界。

除了秀丽的彩枫，岛上也有挺拔高大的松树，远远看过去，妖娆的彩色就夹在松树之间，更显得婀娜多姿，俨然是美丽的女子站在英俊的男人面前。细雨中有微风吹过，我似乎听见树与树之间在窃窃私语，那声音温柔又甜蜜，原来这岛上的树木也在恋爱呢！走在这样的风景里，谁都会想到爱情，想到心底里最温暖的地方。也难怪《冬季恋歌》里的裴勇俊和崔智友要在这个岛上尽情拥抱，天地都会为他们祝福。

除了爱情，眼前的南怡岛还会让人想到神圣的自由。岛上有很多路，小路大道纵横交错，由着你自由选择，每一条都美到让你无悔。那日我们这一行来自世界各地的作家，也没什么导引，大家信马由缰，忽然就各自走散，忽然又聚合在一起，分分合合真是神奇。我先是走在水边，转而又到林间，心里自由得如同小鸟，路边看到一对鸵鸟，竟双双伸出头来以为我是它们的同类。

前方看见了身穿枣红色夹克衫的朴宰雨教授一马当先，立在火红的树下合影，脸上欢喜的表情好像他也是远方的来客。德国的作家高关中总是斜挎着包，像个年轻人一样走得兴致盎然。中国香港的作家陶然虽说走得慢悠悠，但每一棵树都不放过，一定要看仔细。俄罗斯汉学协会的美女会长万山翠喜欢和中国东北吉林的美女剧作家李昂走在一起，简直就是美美联手，自成一道风景。骑士般的韩国中国现代文学学会的严英旭会长，一直就守护在女作家的身边。来自葡萄牙科英布拉大学的周淼小姐最善解人意，不显山不露水，但每次合影她都立刻地出现在画框里。来自马来西亚的华文作家朵拉幸福地与女儿陈焕仪同行，一面仰望着天空，一面叹息应该带支画笔。还有来自新西兰的冼锦燕会长，比利时的作家章平，日本三重大学的教授荒井茂夫，泰国的学者作家范军，或人面桃花，或返老还童，每个人就像岛上的树木一样绽放出自己的个性。我心里不禁暗叹，搞了一天的作家研讨会，到了此刻才算是见到了作家们的真性情。

彼此刚刚亲热，却要说再见了。好想再多看一眼韩国，多感受一下韩国人在他们的礼貌周到、轻声细语、谦和微笑、颔首致意的修养行为背后所积累的民族心理。在他们身上，似乎正体现着中国古人在仁义礼智信熏陶之下的精神造化。漫步在首尔的街头，眼前的韩国人大多五官端正，皮肤细腻，扫了一眼韩国的电视，人们更关心的是食物和健康，还有化妆品和保养，可见这个民族如今在意的是从内到外的自我生命存在。

几乎不能想象，小小的韩国只是在短短的几十年中，就由一个落后的农业国迈入了发达国家的行列，并在1996年一举成为"经济合作与发展组织"的成员国。这个成立于1961年的"经合组织"，堪称发达国家俱乐部，其中的成员国大多是欧美国家，亚洲只有两个，韩国就是其中之一。

短短的几天"韩游",竟让人生出无限感慨。一个民族的崛起虽首在经济,但民心的凝聚、国家的尊严、道德的提升、情感的净化,甚至美的营造,都将同步前进。韩国,一个小而弥坚的国度,在努力向前的成败路上,留给了我们太多的启示。

坎昆惊魂

美南的夏日热浪四溢，让人无处可逃。先生说："去墨西哥看海吧？"

海的诱惑在我，犹如"龙"与"叶公"，汹涌澎湃的情感多来自文字的激荡和画面的想象，真的去看它，倒有些怯意和畏缩。看家里的两个男人在全副武装，踌躇的我在最后一刻把自己也当作一件随机的行李送上了云空。

墨西哥，近在咫尺却如此陌生，就一直不能明白那拉丁音乐的纯粹欢快究竟是源于心灵的何方。墨西哥有世界上最浪漫的诗人帕斯，有世界上最痛苦的画家弗里达·卡罗。但那都是个体生命的独特表达，与整个民族的心理距离尚远。

墨西哥的游人多喜欢在黄昏时分坐在早年

玛雅人的废墟上怀想那最后一道即将消逝的光芒。今天的墨西哥，眩惑的是色彩的热闹，张扬的是快乐的简单，当然还有酒的及时行乐。

印象中加勒比海俨然是美国大户人家的后花园。飞机落地，果然，一队队穿着花衬衫的美国人被绿色制服的墨西哥小伙子轻车熟路地引领着奔赴各家酒店。巴士车上，先发啤酒，然后收钱，浓郁的酒香立刻散在空气里，让人欣欣然，想起了那句千年古诗："何以解忧？唯有杜康！"

我们的目的地是坎昆，其实是在滨海深处的狭岛。行驶间，就看见有破陋的房屋对应着城堡般壮丽的酒店，一街之隔，却是天壤。走进我们的洞天别墅，柜台旁又看见酒，喝了两杯，那酒力似乎要将人的思考判断力麻醉。

城堡靠着海，如诗如画，来这里的人都是客居，只求尽情上天入海。翌晨，人们鱼贯攀上一艘驳船，海上的阳光亮得人眯眼。喜欢那桅杆，像是电影里的"鸽子号"，臆想着自己跟着老水手远航。可惜那水手太年轻，航了不远就挥手抛锚，叫大家下海去看珊瑚，这才感觉自己是见了"真龙"。坐在船舷边看着波动的海水怔怔地发颤，是"跳"还是"不跳"？终于选择了前者，结果发现此处的加勒比海原来是这样清浅，完全不如《泰坦尼克号》的那般深沉壮烈。

7月的海水依然是清冽冽，且直灌喉咙。我趴在水面上，同情地看着海底的那些美丽仙鱼，敢情它们喝着咸苦的水，却游得如此自在。珊瑚虽美，但禁不住鼻子呛水、胃液倒流，体力开始不支，赶紧呼救，这才发现水手还是年轻些好，仰天长叹的我，迅即被拉回到船上，人不是鱼，所以不能享受鱼的快乐。

下海过后，船上的水手忽然扯起了风帆，那彩色的帆在风中豁然招展，竟如一面威武的战旗，恍以为是"赤壁"开战，原来是让船上的人随着风帆的绳索冉冉升起。我等恐高绝不敢为，就悠然地看那一个个的身影在彩色的帆里摇曳着升腾再忽然坠下，欢腾与沮丧交错，黝黑的墨西哥小伙儿掌控着每个人的高度，他松手的那一刻，我竟看见他的脸上露出了一种特别的快意。

海上归来，小试牛刀的先生与小儿决计向海的深处进军。他们扛起家伙，登上更大的船，开始了深海潜水的壮怀激烈。那里的海很深，幽暗神秘的海底实在让他们很向往。后来看到录像，一大一小两个背着巨大氧气罐的身影竟然漫步在大海之底的沙土上，成群的鱼儿在身旁手舞足蹈，也着实叫我激动了一番。

爱海且惧海的我，终于发现真正迷恋的还是人的世界。于是，那个艳阳的午后，甩甩手坐上了去坎昆市区的长途汽车，以为是一场潇洒的云游，谁知这一甩手，竟差点儿有去无回。

坎昆城的闹市中央，街道交错，完全看不出南北，我的"云游"就成了颇有些随意的"流窜"。蓦然就找到最爱的跳蚤市场，墨西哥人性情欢快，物品多艳色，裙衣多夸张，古朴的工艺品尤其让人悦目，笨笨的陶罐、粗粗的木雕，大红大绿，却不俗。喜欢墨西哥人的刺绣包，虽不是针脚精到，但毫无匠气。因为天气热，不敢尝墨西哥人露天做的夹肉玉米饼，看那路边的小摊贩将水果切成花瓣一样的图案，终于还是忍不住想吃的口水。

总忘记自己是在"外国"，每每听热情的墨西哥女人殷殷地用西班牙语为我指路，我常常猜到相反的方向去。干脆乘岛上的巴士走到路的尽头，下车一望竟是童话里的海，那水绿得让人伤感，天色蓝得让人流泪，脚下的沙子柔软到心醉，不禁想起了从前童话里那位躺在沙滩上悠然自乐的渔夫，他不想造更大的船，不想打更多的鱼，因为他已经是躺在了这终极享受的阳光沙滩里。绝色的加勒比海啊，难道正是你的美丽永远地满足了墨西哥人的心？

天色将暗，我驻足在十字交错的街口，因为我完全忘记了自己的归路。寻觅到巴士的总站，面对售票的窗口却怎么也说不出自己出发的那个靠海的小镇。掏出城堡的门卡，上面既无地址也无电话，各方交涉了半天几近绝望，情急之中，忽然翻出了来时的那张未及丢弃的单程车票，只听售票的女子"啊"的一声喊道："Playa del Carmen!"（"卡门海滩！"）我得救了！

　　容易迷路的我不再出行，做童话里的渔夫，躺在城堡酒店的水畔读书遐想。打开餐厅对海的一扇窗，海风就吹进来，帮我翻阅着桌上的书页，浸润着手边的木瓜果香。书读累了，再去泳池的吧台要酒，花花绿绿的看不懂，就由着侍者把酒调成最漂亮的鸡尾颜色。墨西哥的酒多烈，一杯下去就晕晕然渴望长眠不醒，只能躺在长椅上，用毛巾盖了头睡去，直到黄昏的海风把自己吹到酒醒。睁眼，以为是杨柳岸晓风残月，却是高大的椰林在哗哗作响，远处的海浪也一并在歌唱。

　　浮生偷闲，南柯一梦，才想起拜伦的诗："我不是不爱人，但我更爱大自然。"原来自然竟是比人高贵的，因为它比人更纯净更永恒，所谓海枯石烂，人早就灰飞烟灭了。

　　飞机上回望加勒比海，想那早年的殖民者，除了掠夺，给这片土地留下的仅仅是异国的语言和血脉，却没有留下出征大海的野心和梦想，究竟是幸还是不幸？绝世的美景，滞后的经济，究竟是梦想还是惆怅？过客如我，迷思在永远也看不清的过去、现在和未来之间。

泰北奇遇

    2015 年 11 月 7 日一早，有一个特别的中文微信群竟然从世界各地发出了同一个信息："我已登机！""我已登机！""我已登机！"发出的地点有美国、德国、澳大利亚、新西兰、日本以及中国的香港、澳门、北京、上海等，看上去很像是一次有组织的"国际行动"！这个让人有点紧张的"行动"，其实是我们将要在泰国举办的"文心作家（曼谷）笔会"。

    第一次飞往东南亚，看着机窗外的云彩美极，波澜壮阔，变幻无穷，大美无形，激烈又神秘。在那热烈的云朵下，就是神秘的泰国。

    进入泰国的首站是泰北的清迈。泰南有普吉岛的海水，泰中有芭提雅的霓虹，但是泰北在我心里一直很神秘，所以我们的几十位文友在赶去曼谷的笔会之前，先来领略一下泰北一带的古今传奇。

一座城市一定有它自己的味道，如同一个百年老屋，外来的人一走近立马就闻得到。清迈的空气里就是有特别的味道，而且很浓烈，但又说不清道不明，恨不得伸出舌头来品一品。

走进清迈，一眼望去，竟满街笑脸，泰国真是"一个幸福感爆棚的国家"！先去参观佛庙，坐的是那种有篷子的出租车，其实就是双排对坐的小卡车，外面的热风狠命吹着，拐弯的时候大家东倒西歪，坐在最后面的人很容易被甩出去。司机没有打表器，他随意说个价钱，我们听起来不贵就 OK 了。

泰国的庙宇好美，其金碧辉煌令人咋舌，这里确实是一个佛光普照的国家，泰国人的心很善、很软。走在恢宏的寺庙里，身旁走过一队队年轻的和尚。

漫步在清迈的夜晚，看夜市上的小商贩五花八门、美食飘香。最爱那各样的热带水果随意打成汁，还能吃到那些有营养的虫子。熙熙攘攘的人群中，并不见乞丐，也没人乱扔垃圾，购物不用担心被宰。这个国家显然不是多富裕，但人人心态平和，看上去无忧无虑。蓦然想起邓丽君唱的那首《小城故事》，清迈也如歌中的小城，不仅"故事多"，还有"喜和乐"！

从清迈出发，沿途皆是古迹。那日看双龙寺，进了庙门，一眼看见盛开的佛诞花，花苞的外面是绿，打开了里面是粉红的花心，真是美到让人膜拜。据说此寺当年的选址就很神秘，一头非常有灵性的大象凭着它自己的直感，一路寻觅，爬上这素贴山，走到这个地点，就此打住，当年的高僧于是在此设寺。金灿灿的寺庙前，至今都供奉着那头大象的造像。

看了古老的双龙寺，再去看现代设计的白庙。远远望过去，那种"白"不是耀眼，而是晃得睁不开眼。白庙位于清莱，此庙由银色的白漆涂抹，间以大量的水银镜片，幻想世界中的腾龙飞羽在阳光下熠熠生辉。这是泰国名画家、建筑师徐文龙先生的特别创意。震撼之中，那天竟然真的就见到了身穿牛仔装的徐艺术家！

走在泰北，两旁是郁郁山岭，让人不禁会想起一个叫美斯乐的地方。1949 年，国民党李弥部的一支军队，经由云南撤出边境，孤军进入缅甸，辗转来到泰国北部，一支驻扎在清迈，另一支就驻扎在美斯乐的山上。1980 年，在中国台湾和泰国的协商下，他们就地转为泰民。

正在遐想间，我们车上的赵导游就指着左前方的山坡说他的家就住在美斯乐。我心里一惊，赶紧请他讲讲自己的故事！原来他的父亲正是国民党段希文部队的士兵，经历了烽烟战火，直到中年才娶到了一位清迈的傣族女，生下弟兄三人，但是父亲因为连年征战很快病逝，他们孤儿寡母生存下来非常艰难。赵导游没有念过书，自己学的中文，从小打工养家。他告诉我们，如今自己的女儿正在读大学，还准备去北京留学呢！我心里有些发颤：历史中的人物就这样猝不及防地出现在眼前。再端详他，样子端正，腰板挺直，很有他父亲的军人遗风。

美斯乐不远便是泰北的长颈村。泥泞小路走进去，弯弯曲曲很幽深。这里生活着一个来

自缅甸的部落，号称甲良族人，该族女性都用
铜箍圈拉伸脖子，年纪越长者脖子被拉伸得越
长。与这长颈族相邻而居的还有大耳孔族，女
性的耳垂部位穿的孔大若戒指，挂着差不多粗
细的金属箍。据说这些妇女不能自由走出这里
的山村，她们没有任何外来的信息，甚至也没
有电视可看，她们的生活实行"供给制"，由主
持他们生意的村长按量提供。我们很怜惜那些
年轻的女子，大家纷纷解囊买小铺子里的手工
制品，付钱与她们拍照，也不知这些钱款最后
她们是否都要交给村长。

经历了一路的神秘传奇，前方到达金三角。
远远就看见巨大的佛像，一排一排好壮观。在
路尽头的河畔上，有一个钢铁做的金三角，正
好指着泰、缅、老三个方向。

望着眼前这条浑黄的湄公河，江面宽阔，
水波汹涌，据说这河里潜藏着各种神秘的鱼，
其中就有龙鱼。听说在越战时期，有二十多个
美军士兵曾经捕获过一条长长的龙鱼，白色的
鳞，虽无足甲，然而头部犹如传说中的龙，须

眉无异。

当年金三角的故事其实与美斯乐有关，也与国民党的那支孤军有关。大毒枭坤沙之所以能够在金三角横行无忌，必然与孤军有着千丝万缕的联系。如今坤沙病逝，坤沙的老对手罗姓将军也病逝于缅甸，呈现在我们眼前的金三角看上去已经平和得就像一个边陲的野渡。泰国这边的小街还算热闹，各色的首饰玉器店密布，但对岸的缅甸和老挝好像只剩下孤零零的赌场，再就是寂寞的青山。

车子开始南下，途中停车休息，下车一看原来是一处温泉。文友们围坐在一起泡脚，讨论了一番东西方男人的情爱观。聊到高兴时几只脚一同举起来碰碰，有些暧昧也是亲昵。当晚宿在酒店，几个男生在池里游泳，有人拍到一哥们的半身裸照，夜里分享给大家，后果很严重，笑倒男女一片。

进入曼谷之前，再遇一处古迹，女士们纷纷化作蝴蝶，热风吹着裙子飘荡，一时间"围巾党""帽子党"争奇斗艳。斑驳残破的砖塔，寂寞之中犹如被唤醒的魂灵，变幻无穷的光影里让人忘记了今夕是何年。

曼谷就要到了，期待着去看大皇宫的玉佛寺，还想去看曼谷街头那个著名的四面佛！四个佛面分别代表着财神、婚姻、健康和平安，我要买一串最美的花朵，献给那个平安神，祈求它保佑今天这个世界不要有杀戮，不要有战争。

走进澳门

澳门，在全球的版图上，甚至在中国的版图上，一直是个低调而奢华的城市。它的奢华并不是外貌的流光溢彩，而是来自它历史深处的那种文化包容的贵气。

多少年了，"台、港、澳"三个字就在心里缠绕。香港，一直是我们这些年看世界的一个大窗口；台湾，虽然隔着海峡，却是中华文化经久的保留地；澳门，都说它独有自己的风情，还说它是百川汇流。2015年的秋天，一个意外竟让我一脚踏进了澳门。

麻雀虽小

飞机落地，一种陌生的紧张，澳门到了！不知为什么，过海关的时候我不由得四周张望，感觉旁边的人都带着好多钱。忽然笑自己好傻，现在的人都是一卡在身，哪里还会腰缠万贯？飞来之前就晓得澳门有三十七家赌场，是世界上最大的博彩城之一。不过，也听说如今的澳门在配合反腐，赌场采取了一些措施，内地人已经很少露面了。

虽然有心理准备，但澳门机场的"小"还是惊到我。来接我的朱教授一面抱歉着来晚了，一面笑着说："你走不丢，澳门机场就这一个出口，我肯定能找到你。"

第一眼看见澳门，有些熟悉，也有些失望。熟悉的是那种南国的气味，失望的是机场外面的小街，古旧而窄小。想想也明白，来澳门的海外客多飞香港，本地人则多走水路。澳门想要腾飞，机场须得扩建。

不过，小小的机场才是澳门的葫芦嘴，里面的宝库一展开就立刻让人目不暇接。沿途的斑斓景象完全是香港电影《游龙戏凤》《伊莎贝拉》中的镜头：西式风情的街道、回头一瞥的小巷、迎面的教堂、身边的赌场、美食的飘香……全都在转身的方寸之内。

我住的酒店立在一个三角地带，高大的门廊不仅接待客人，还是转弯处的交通要道。尽管车水马龙，但门卫很有礼貌，服务生们用最快的速度疏散着门口的车辆，态度相当和蔼。早就听说澳门的就业率高，专业精神的服务就是澳门人谋生的传统。

开窗望去，澳门麻雀虽小，却处处蕴藏着历史的风景，满眼是各色的文化古迹，最深切的感受是澳门的繁华气氛中自有一种有容乃大的平和之气。

澳门之"魂"

终于看见妈祖阁，面海靠山，古木参天，澳门是因它而得名。仰望庙门并不恢宏，山也不高，但香火很旺，充满了一种来自母性的阴柔之美。站在妈祖阁山上的风铃之中，深切感受到"阿妈"对澳门的护佑。在我看来，澳门的风情并不是赌场和葡挞，而是到处弥漫的宗教情感。

感叹澳门崇尚信仰自由，被称作"圣名之

城"。走在街头，抬眼就会看到教堂或修院。正是这种宗教的力量，控制着人们灵魂的贪欲，在商业的喧嚣之中，澳门人能够保持着那一份生命的宁静。

巍然斑驳的大三巴牌坊，可说是澳门的标志，一直在见证着澳门的昨天、今天与明天。仰望着牌坊顶端高耸的十字架，还有那铜鸽下面的圣婴雕像，以及被天使、鲜花环绕的圣母塑像，让我完全忘记了这里是属于西方还是属于东方，只会领略到爱与美的力量。

澳门文化的"独"，就是一个"杂"！"杂"到琳琅满目，"杂"到兼收并蓄。比如宗教，我注意到，就在大三巴牌坊的右侧竟然是一座供奉着哪吒的庙，还有的庙里竟然能够供奉着不同的神！再看建筑，在议事亭的欧式建筑旁，转过去的花园就是东方的亭台楼阁。还有澳门的美食，既有西班牙人留下来的葡挞、马介休，也有中国人最爱的酥皮点心和各种肉干。都说澳门有一种成熟的繁华，这"成熟"正来自中西文化的相辅相成。

掠过葡京大酒店,欢喜地走进"威尼斯人"。我感觉,在这座恢宏的建筑里,"赌"已经不重要,人们更乐意享受的是威尼斯风格的小运河及石板路,轻轻走过叹息桥,前面是圣马可广场,坐上浪漫的贡多拉,听那优美的歌声,两旁是古典欧式的街道,头顶上是如梦如幻的人造天空。

显然,澳门在变,它正朝着更"文化"、更"美"、更"现代"的方向转型。

澳门之光

在澳门绚丽的夜晚,跳过霓光流彩,只要稍微向远处看,就会看到低沉的夜空里有红红的四个字:澳门大学!那四个字并不巨大,但那无声的光芒似乎就压倒了众生的喧哗。

说起澳门大学,真是一个奇迹!此校1981年才成立,前身为私立的东亚大学,1988年才改为公立大学,1991更名为澳门大学。2009年,澳门大学迎来了一个重要时刻:中华人民共和国中央人民政府将横琴岛东部约一平方千米的土地租借给澳门特别行政区作为兴建澳门大学新校区之用！由此，澳门大学开始了真正的腾飞。不仅校园比从前扩展了二十倍，而且一举登上《泰晤士高等教育》公布的 2014 至 2015 年度世界大学排名榜的前三百名之列。

站在澳大典雅恢宏的教学楼前，西式的楼体、中式的楼顶，辉映在波光粼粼的湖水中，那样和谐，那样庄严。这座雄踞东方的年轻的大学，仅仅在六年之中，其排名突飞上升了一千六百名。更让人感慨的是，它快速成长，成为中外历史上活用"一国两制"的跨境大学的教育典范。

在澳门大学，我见到一位"奇人"，他就是亲历并见证澳大腾飞的校长赵伟先生。这位从中国陕西走向世界的国际知名华人学者，正是在 2008 年出任澳门大学的第八任校长。在难以想象的挑战面前，他们在短短的四年中就在新的校址上建成了八十座大楼！

走在澳门大学全新的校园里，看到一个个在 2015 年 8 月首次在新校园上课的学生们喜悦的笑脸，不禁让人感慨万分。澳门大学的校训是"仁、义、礼、知、信"，让我相信在这个数百年没有流过血的地方，未来的希望，一定不是灯红酒绿，而是来自教育的光芒！

夜色中向澳门告别，忽然感到这座城市如此厚重，如此深远。走过东方三十年，漂泊西方又二十年，如今我正站在这中西文明的交融点上！这座城虽然是弹丸之小，但它的心胸却如此之大，不仅敬重多元文化，而且对民族对历史有自己的担当。它的现实精神和文化眼光，对于正在探索中前进的中国，对于不断在发生文化冲突的世界，都具有多么特殊的意义。今天的澳门，应该高调起来！

夜宿盖文斯顿岛

　　落脚在北美墨西哥海湾的滨城，感叹得州空荡辽阔的一马平川。还好，就在休斯敦城的东南，坐落着一个历史斑驳与涛声海浪交响的小岛，名曰盖文斯顿，每次去，都让我有特别的眷恋。

　　6月初夏，有朋自远方来，我就想起了盖文斯顿岛，一是久违了，二是喜欢那座立在海上的旗舰大酒店，渴望重温一次"海上生明月"的旧梦。出发前，我心里充满感激：这得州最古老的海岛城市，你那无垠的海面还会不会带给我辽阔浪漫的联想？

　　盖文斯顿是靠在绵长海岸线上的东西狭长的小岛，岛长约三十英里，宽度却最多不过四英里。6月的季节，车子开进小岛，百老汇大

· 293 ·

道两旁缤纷的夹竹桃花刚刚谢过，据说此花在岛上有几百种之多，所以该岛有"夹竹桃花之都"的美誉。我的记忆里，鲁迅先生老人家就特别偏爱夹竹桃，大概是让人想起竹子的摇曳再加上一股野性的山花烂漫。岛上最引人瞩目的首先是耸立在大道两旁的古建筑，而穆迪家族那建于1895年古城堡一样的宅邸，其气势恢宏，俨然具有当年得州之都南方富翁的豪华气概，同时也是傲视1900年那场灾难大飓风的幸存者。大道的另一侧，竟是壮观的墓地群，雕塑与鲜花，似乎在低咏着岛上人生命的顽强不息。再往前行，则是巍然挺立的白色圣心大教堂，阳光下炫目的巍姿立刻给人精神上的震撼。

正午的骄阳已经西斜，岛上的那条绵延数十英里的海墙大道首先展现出她迷人的风情，年轻的少男少女滑着滚动的轱辘鞋从海堤上风驰而过，盛年的父母则带着幼龄的孩子蹬着敞篷的三轮自行车眺望着大海的风景，岛上还出租一种漂亮的电动小旅行车，任大家随处漫游。令人欢喜的是，如今的海滩上除了救生用的瞭望台，竟为游客布满了一色的双人座遮阳伞，美丽的色彩、齐齐的影子一路排过去，又是一道温馨浪漫的风景。我们因为携了自家的折叠椅，就选了即将下榻的旗舰大酒店下面离海水最近的沙滩畅想，滚来的白浪正吻在脚上，潮水急退，身子一沉，椅子的腿竟要没进沙里去了。

百老汇大道的尽头便是大堤下浪花滚动的海潮。前面，有一条通向轮渡码头的路，那里日日有巨大的游轮载着驱车的人横渡过海。我们因为爱船爱海，也将车子缓缓驶上甲板，一声鸣笛，海风就吹鼓了衣衫。登梯遥望，海面上红色的帆、白色的艇、大的驳船，一一尽收眼底。最开心的莫过于喂头顶盘旋的海鸥，那海鸥是黑白相间，素净得可爱，白色的尾巴一展一展，个个是飞技超凡，以高难度的动作将人们抛出的面包叼在口中，简直就是一场夺食表演。

墨西哥海湾的水总显得不够清澈，天色在海风中暗下来，忽然云层绽开，霞光四射，刹那把海岸的风光又照得透亮。这是太阳在落山前的一次辉煌，感觉就像人生，暮年的一次壮丽，这壮丽是如此成熟，如此温馨，没有正午的暴烈，没有年轻人的张扬，却是如此浑然博大地洒向人间。那一刻，我的心里升起一股对阳光膜拜的感动。

暮色真正降临，海墙大道上的霓虹灯个个亮起，开始有海鲜的味道飘来。听说繁华的61街新开了几家大的中餐馆，便洗了脚上的沙子前往。那里正靠近穆迪花园，饭后刚好在园子里的树荫里散步。中餐馆里弥漫着熟悉的酱油气，但总还能找到胃中偏爱的食物，如酸辣汤、炒面之类，何况这是临海的馆子，鱼虾、螃蟹类的海鲜定是少不了。

当晚的一个重头节目是去穆迪花园看那部立体的《泰坦尼克号》电影，硕大的潜水艇在眼前游动，仿佛自己也置身海底，忽然一声撞击，锈迹斑驳的"泰坦尼克号"终于露出了她沉睡多年的面容。电影没有爱情，却是一种对梦迹的追寻，依然感人。

夜晚的穆迪花园别有一番情调，看不清白日的苍翠，却有浓浓的花草的芬芳。弯弯的小路幽得神秘起来，灯影里的叶瓣亭亭得格外惹人爱恋。转过去，水潭里的喷泉依然在不息地奔涌，假山朦胧，水光倒映，因为静谧，倒有些似真似幻了。

这样的时刻不忍归去，更不舍那"海上生明月"的千里婵娟。远远就望见架在海上的旗舰大酒店的灯火，在夜色中分外醒目。向往那头枕着涛声的梦乡感受，驱车前往。推开七层房间的门，宽敞整洁的房间直对着阳台外的大海，真恍若游船航行在海上。

高居在波涛翻滚的海上，遥看盖文斯顿岛海岸的夜景，车水马龙渐行渐远，路边的工艺店里朦胧映出大海螺、白珊瑚的琳琅满目。脚下是潮起潮落，细细的白浪不知疲倦地扑向已经沉寂的沙滩，微微地似感觉旅馆也在轻轻摇动，耳畔竟响起从前一首喜爱的歌《军港之夜》，醉心的一句歌词就是"头枕着波涛"，想象今夜的海上，何等光景，心头便有几分醉。

　　风开始有些温凉，潮水渐渐涨得高起来。
远处的海忽然黑漆得迷离，甚至有几分恐怖，
白日的开阔荡漾一下子完全改变了模样。就在
这个时候，月儿不知怎地就升起来了，那是镶
着金边的满月，泻着柔柔的光，海上顿时有了
安详，有了波的歌唱。从来没有留心看过这夜
色中的海，竟是如此深奥诡秘，又如此蕴积而
收敛，原来都是因为有了月的滋润和照耀。真
不能想象那没有月光的夜海，该是怎样的肆虐
和荒蛮，正是月儿用她那清凉温柔的光化解了
海的凶险。古人说月亮属阴，今人说月亮反射
着太阳的光，可是，此刻的我才终于明白：这
本是暗夜中母性的光，是苍凉人间女性融解的
光辉。伏在阳台的栏杆上，我静思那行在黑夜
海上的旅人，是用着怎样的心情歌咏这海上的
月光，在"月"的阴晴圆缺里，思念着自己的亲
人。蓦然间，小时候吟诵的那句最简单的唐诗
"海上生明月"琅琅在心头，这诗句里包容的竟
是天地间最深沉动人的故事。

　　晨曦缕缕，推开阳台的玻璃门，以为是一

个灿烂的早晨，却见海面上鸟儿低飞，天空乌云密布，顷刻间，大雨如注地倾泻。我们索性延迟了告别，在阳台上看这风雨飘摇的海景。都说山里的气候变幻无常，在我看来海上的气象也是不可预测地变幻多端，但无论是阳光灿烂得如同少女笑靥，还是风雨如磐的雷电挣扎，都是大自然给我们的馈赠。犹如我们的广阔人生，不可能永远是铺满鲜花，也会有荆棘的考验，但只要面对，只要跨过，就又是一个崭新的艳阳天！

再见了，盖文斯顿岛！看过了你的"海上生明月"，才懂得暗夜里最温柔的光芒，只有经过了夜的历练和再生，你的朝霞才如此充满生机，你的风雨也能如此激励人心。

你是我的城

窗外是得克萨斯最美的秋冬，天气总是不够寒，树上的叶子才略略变红，临近的墨西哥海湾吹来快意凉爽的风。

电话铃响了，是休斯敦的一位长辈，说他要回中国台湾养老，听声音很喜悦，原来是他在中国城的房子卖了一个好价钱，买主来自中国大陆。早就听说休斯敦中国城的房子涨了又涨，买主们要努力加钱才能拿下。如今的局面是来自台湾的大叔大婶们渐渐回流，大陆的同胞正在蜂拥而至。休斯敦的中国人，正如长江后浪，演绎的却是一代一代接力的传奇。

得克萨斯，谁是英雄

知道"得克萨斯"这个名字很早，因为看过一部美国电影，就叫《得克萨斯州的巴黎》，里面的得克萨斯很荒蛮，完全不是想象中美国"巴黎"的繁华和浪漫。

想当年，一个叫摩西·奥斯丁的男人第一个从墨西哥的西班牙总督手里拿到了开垦得克萨斯的特许状，他竟然从美国东部一口气动员了三百多户人家一同前来，决心要为美国开辟一个南部的新世界。就在1821年8月，刚满十七岁的斯蒂芬·奥斯丁也来到得州，父亲摩西已经去世，英俊高大的斯蒂芬立志继承父业。两百年后的今天，两位奥斯丁先生都应该感到欣慰，不仅得克萨斯成为美国最具活力的大州，靠近海湾的休斯敦城，正要超越芝加哥，成为美国的第三大城！

得州人怀念奥斯丁，休斯敦人纪念的却是休斯敦将军！就在市中心的赫门公园，伫立着骑马傲立的山姆·休斯敦将军的雕像。他与奥斯丁都是出生于东部的弗吉尼亚，他曾任田纳西州州长，1829年辞官到得克萨斯打天下，担任得克萨斯革命军的总司令，在圣安东尼奥城的阿拉莫血战之后，与墨西哥人打了一场二十分钟的大胜仗，由此奠定了 1836 年得克萨斯共和国的独立，休斯敦将军也因此被选为得州共和国的第一任总统。

每次出门驱车，都要登上那座通向山姆·休斯敦大道的环城高速，在虎踞龙盘的高架桥上，总能看见得州大平原上特有的云朵正在空中翻卷，它们时而如海浪在绵延起伏，时而又如群雄逐鹿的草原，那种粗犷豪迈真让人激动，让我不禁感叹这是一座充满了英雄情结的城市。

得州真的很大，大到你整夜开车也冲不到边界。辽阔的休斯敦城，竟然有九十多种活跃的语言，据说这里的每五个人中就有一人是在外国出生。每次我遥望着高速两边一幢幢神秘的大楼，总感觉在那些透亮的玻璃窗后，隐藏着无数生命的故事。曾经的得州，以它粗粝豪迈的胸怀吸引过无数壮士的热血，今天的休斯敦，又在演绎着多少沧桑的故事，缔造着多少人间的传奇！

百利大道，谁主沉浮

车子里放着国内的流行歌，男人唱的是《江山美人》，女人唱的是《真的好想你》。眼前的这条路太熟悉，二十多年了，每次车子从山姆·休斯敦大道出来，心里都要颤动一下，前方的百利大道就是休斯敦西南著名的新中国城。

进中国城的第一个喜悦就是看到了路口的中英文双语路牌，标志着这一区的华人已经达到了相当的比例。眼前的这条刚刚被市政府加宽的百利大道，不知走了多少次，但每次的心境都不同。

怎么也忘不掉二十三年前的那个中午，我第一次站在百利大道上，太阳出奇地亮，身上的衬衣很白，没人会注意到一个刚刚离开中国的异乡女子，正孤零零地靠在一根滚热的水泥电线杆上瑟瑟发抖。因为饿了太久，走进一家最便宜的越南面包店。店主随口问我是哪里人，我说完"西安"就后悔，因为她的表情告诉我"西安"两个字怎么写她都不知道。直到太阳下坠，我在百利大道上也没有找到一家愿意雇我的餐馆，理由是我不会说粤语。

粤语没学会，一年后我做了中国城的报社记者。眼看着风水开始逆转，早年香港人、潮州人最爱的茶市越来越少，蓦然抬头，街边上开始出现狗不理包子和油条煎饼馃子，更奇妙的是喜欢说粤语的人也开始喜欢说普通话了。

从 1994 年到 2014 年，我几乎每周漫游在二十六平方千米的休斯敦新中国城。比起旧金山、纽约、芝加哥的老唐人街，休斯敦的中国城显然没有那样地纵横交错，但它是由一个个大型的商业中心连接而成，外面是宽阔的街道，里面是宽敞的空间。难怪《今日美国》曾经评选全美十佳中国城，认为休斯敦的新中国城在全美最干净、最有发展潜力。

如果从中国城的东边 Gessner 路进入，沿 Bellaire 西行，直到 Eldrige 路口，长度大约有五英里。再从北到南，在 Westpark 和 Beechnut 之间大约又有两英里。这样的格局使它成为美国目前最大的交通方式以驾车为主的中国城之一。如此的宏大构建，形成的时间也就是最近的三十年。

那是 20 世纪 80 年代，休斯敦的石油业崛起，一批批华人工程师、留学生来此安家立业。中国人多了，首先是满足对"吃"的需求，中餐馆开始大量出现，人们喜欢呼朋唤友，慰藉乡愁。1981 年，一位来自香港的王增达先生特别从洛杉矶来到休斯敦寻求机遇。他后来回忆说："那时候市中心的老中国城已经人满为患，很难有空间再插进去，所以我们选择了休斯敦西南，1983 年联手当地的开发商共同投资建造了顶好亚洲市场。"这个顶好广场是以香港模式为基础建造的，其中一个大超市是核心店，其他小的空间是餐馆、服务业店铺或者办公室。整个空间有一万四千平方英尺。它的出现，迅速取代了老市区中国城的那种小型超市，成为华人移民的首选。

与此同时，另一位来自新加坡的华人开发者洪长瑞先生，迅速买下了 Bellaire 和 Corporate 两条路交叉处的五英亩土地，在 1987 年修建了一个室内购物中心外加一个超市，就是今天的王朝广场。可惜我后来接手的王朝书店在几年前因为买书的人太少不得已关闭，但我却毫无悔意，想起自己当年买书店，恋着那一股书香，还有鸿儒清谈的雅趣，既挡住了外面世界的侠盗高飞，又为自己营造了一份恬静和淡远。

1987年，王增达先生联手李雄一起再买下位于 Bellaire 和 Ranchester 东边的一个购物中心，并把它重新命名为顶好广场，一家名为惠康（Welcome）的大型超市在那里开张，由此开辟了西南中国城的另一番大气象。

在不到五年的时间里，休斯敦西南的百利大道上就有三家华人超市和购物中心在互相紧邻不到四分之一英里的地方相继开业，再小一些的购物中心和办公楼逐渐在它们附近修建起来，就像扇子一样展开。就在同一时期，越南华人运营的越华超市在1984年从市区搬到了西南，再有香港超级市场于1987年在 Harwin 街和 Gessner 路交叉口开张。西南中国城开始形成鼎盛的规模。

到了1999年，一位来自越南的华人移民王欲炎先生在百利大道的西部开发了香港城，其中有一个超大型的香港超市、一个两层的宴会大厅、一个荷花池和超过一百家零售店、咖啡店、餐馆和服务业店铺，并且它们大部分都在室内彼此相连。直到今天，这个香港城仍然号称中国城最大的购物中心。

到了 21 世纪，一位从中国大陆来的新移民石少力女士在 2000 年开发了黄金广场，之后她在黄金广场的北边再开发了一个明代建筑风格的联排别墅小区"合源坊"。而在黄金广场的对面，新开发的敦煌广场开始呈现。由此，休斯敦西南中国城进入了一个新的火热时代。

这些年，每次走进中国城，我心里都充满了对华埠开拓者的敬意。在车水马龙的百利大道上，第一眼就会看到一座十二层高的恢宏建筑，那就是恒丰银行，由来自中国台湾的银行家吴文龙先生在 2007 年建造，成为中国城最显眼的地标。2008 年美国金融危机，我特别访问吴文龙董事长，好喜欢他讲的一句话："金融危机威胁不到我们中国城！"就在恒丰大楼的身后，另一位台湾商人许文忠先生早早就建立了一座希尔顿花园酒店。记得酒店刚刚盖好的时候每晚都黑着灯，大家都替许老板担心。结果没过几年，这家中国城最高档的酒店就灯火通明了！

每年的元旦前夜，看电视上纽约时代广场上的水晶球缓缓下落，金发碧眼的人们纷纷拥抱，但我们这些黑发黄脸的华人却没有那么激动。因为真正的新年还没有到来，鲁迅老先生早就说过："旧历的年底毕竟最像年底。"正是从元旦开始，休斯敦的中国人才开始真正兴奋起来，准备舞龙舞狮的，清着喉咙准备拜年的，母亲们忙碌着筹备美食，孩子们准备着登台的表演。

到了春节，除了官方的道贺，来自休斯敦民间最大的庆祝活动就是由报业巨头《美南新闻》连续十八年主办的中国新年商展园游会。早期的园游会就在《美南新闻》广场，后来移师到附近的社区公园。到了 2016 年的春节，盛大的园游会竟然在休斯敦市中心的绿色公园亮相，达到了万众瞩目！

这里不是唐人街，叫中国城

记得刚来美国不久，我站在旧金山的渔人码头，远望碧波上的点点白帆，视线里蓦然跳进一座美丽的孤岛，拉住友人惊呼："看那儿的小岛！"友人轻轻拍了拍我的肩膀："知道吗？那就是当年《排华法案》时囚禁华人十几万的天使岛！"

海外的中国人，步步走来都是血泪。早在1785年，华人开始来到美国。1848年，加州发现了金矿，1852年消息传到中国，人们幻想那儿遍地黄金，就把旧金山取名为"金山"。当年就有两万多华人签订了定期卖身契约，被当作"猪仔"运往旧金山的苦力市场。1862年美国开始修建横贯美洲的"太平洋铁路"，又雇用了上万华工。有一年春天，我在加州淘金谷的母亲河畔，读到了一位华人的先辈写给母亲大人的汉字家书，真是字字如血。所谓美利坚的繁荣史，哪一页不是浸透着中国人的血汗？

但是，谁会想到，1882年，美国国会竟然通过了一个严苛的《排华法案》，华人不能入籍，还不准与白人通婚，真是"弱国无外交"。直到二战爆发后的 1943 年，在中华民国国民政府的努力下，美国才逐步废除了《排华法案》。整整六十八年后，也就是 2011 年 10 月 6 日，美国参议院终于通过了第 201 号决议案，就 19 世纪末 20 世纪初的排华立法正式致歉。2012 年 6 月 18 日众议院也通过第 683 号决议案，就《排华法案》表达歉意。

面对这迟来的道歉，我不禁想起了早年林语堂写的《唐人街》，20 世纪 60 年代黎锦扬写的《堂门》，80 年代张错写的《黄金泪》，还有 90 年代严歌苓写的《扶桑》，21 世纪初张翎写的《金山》……

再回看今天中国人在海外形象的巨大演变，应该说首先要归功于 20 世纪六七十年代中国台湾的赴美留学浪潮。正是这个浪潮，让美国人开始对中国人的科技智慧刮目相看，开始意识到从苦力老移民到新一代学者移民的飞跃转换。继而是 80 年代风起云涌的中国大陆学子精英又浩浩荡荡地开进了美利坚合众国的东西海岸，让偏执的美国人不得不重新反思当代中国人的民族形象。电影《阿波罗十三号》里不能没有东方人智慧的脸，华府西屋的小学人奖年年都有华夏儿女，街头巷尾人们津津乐道的是篮球明星姚明，而电视网的频道中时时可见华裔节目主持人的清新面孔。一位做教授的老同学描述他们在夏威夷开全美的高层学术会，中国的学子竟占了大半，大家的发言几乎可以用中文了。在我们的休斯敦城，交响乐团演奏的小提琴手是中国姑娘，舞台上跳芭蕾的是中国"王子"，市中心花园的雕塑是中国美术家的杰作，前总统老布什请客进的是中国的"全聚德"。

喜看今朝，中国人的形象变得真是太快，英格兰裔老祖母记忆里的中国人还是只会做"鸡炒饭"的大厨，可大学里念书的孙子却已经娶回了博士毕业的中国媳妇。才短短几十年啊，那曾经化不开的"乡愁"已不再是海外华人梦中的泪滴。去年在意大利威尼斯的水边，一位来自中国的富豪对我这样感叹："真不敢相信，曾经的梦想，竟能够这么快地实现！"

小街老了，但中国刚刚睡醒

前面是回家的路，忽然插进来一辆保时捷，车窗开着，音乐震天，里面是几个东方面孔的年轻人，前排右手的那位，竟然随口吐出一口痰，让四周的车主侧目，我赶紧低头。现在出来的中国人真是有钱了！但我不想怪他们，都说三代才能培养一个贵族，这才一代！不，也就才三十年！

太阳将要落山，带小狗出来散步。右手边的邻居是一对年近七十的美国白人，看上去心慈面善，他们家的狗叫威尔森，每次见了我那憨厚朴实的"黑花生"，总是一副友好姿态，很像它的主人。最怕遇见左手边邻居家的狗，主人也是一对白人，却总是冷眼与冷脸，尤其是这几年看着小街上的中国移民和印度移民多起来，冷淡更甚。

蓦然看见斜对面的人家在割草，这才发现小街上近来又搬进来几家中国人，共同的特点是自己动手打扫庭院，绝不请人。但想不到的是中国邻居之间也不愿意讲话，因为一看就知道你是哪儿来的。很明显，那位年长的男工程师一家来自台北，他家旁边的那位养虾专业户则说着一口闽南语，再过来的一家是个单身的香港女人，早出晚归，只说粤语。住在路口的美国老太太有一次问我，你们这几家中国邻居的关系怎样。我只能告诉她太复杂。

回家上网，英国开始"脱欧"，感觉欧洲已不再是从前的欧洲。再看看地球上的灾难似乎越来越多，气候也很不正常。

小街上风起，窗外乱叶纷飞，大树分叉，象征着这个正在裂变的时代。树开始老了，小街也老了，世界也要老了。

那"达达的马蹄"

　　得克萨斯的太阳总是火力十足，一点儿都不肯收敛，就这么明晃晃地照着，眼前一片白花花的。

　　"这还在 4 月，怎么感觉就像是炎热的 7 月呢？"说这话的是个女子，看上去不年轻也不算老，竟然还坐在一辆缀着鲜花的马车上。她的名字就不说了，看官一猜八九，那女人正是我。

　　准确地说，这是 2012 年 4 月 30 日，美国南部的圣安东尼奥小城，一辆白色的游览马车，正缓缓地走在砖石铺就的老街上。那拉车的马，毛色不黑也不白，正如同眼前的这座说不清道不明的城市，虽然插着美国国旗，但它从前属于墨西哥，满目都是拉美裔的面孔，远处的运河上袅袅飘来墨西哥兄弟演奏的排箫，那些曲子忽而快乐忽而忧伤。

四只灰色的马蹄清脆地敲打着地面。通常这马车上坐的都是来结婚的新郎和新娘，此刻却是破例地坐满了五个东方的旅人。其中的一个高个子男人，名叫陈河，来自加拿大。另外四个都是女性，胸前挂着长焦镜头的叫胡仄佳，来自澳大利亚；一身短打扮的叫陈谦，来自加州的硅谷；长头发比较年轻的叫张惠雯，刚刚从新加坡来。冒充导游的我在得州已经住了二十年，自然就坐在中间指手画脚。

马儿在阔步前行，赶车的西裔女子很是诧异地回头看我们，终于禁不住问："你们都是从中国来的吗？"五个男女相视一笑，几乎是不约而同地回答："是啊！"

谁说不是呢？就在二十多年前，我们都是神州大地上刚刚熬过冬天的小燕子，看见春暖花开，振颤着翅膀，一下子飞到了远方，飞到了地球村不同的方向。那赶车的女子好像还有很多的诧异，又问："你们是来约会的吗？"这下我们扑哧又笑了，因为我们真的是来"约会"

的，但说出来都没人相信：我们是为了"小说"的约会！为了我们共同的恋人——"汉字"——而来的约会！

一路芳香的"花车"掠过曾经硝烟弥漫的阿拉莫古战场，走过电影《乱世佳人》里面高耸入云的南部教堂，一缕缕热风吹乱了我的思绪，也撩动着我关于历史长河的种种记忆。想当年中国的"五四"热风，曾吹动着鲁迅、郁达夫等负笈东瀛，吹动着巴金、老舍远赴欧洲，吹动着胡适、林语堂他们来新大陆寻奇……看如今眼前的这番风景，我知道，再不会听到闻一多笔下的《洗衣歌》，也再不会有郁达夫那样捶胸顿足的哀伤。幸运的我们，不仅翻过了张爱玲那样的孤独岁月，也跨过了白先勇那一代连根拔起的苦闷。我们的马蹄，虽然踩着前辈留下的足印，但清脆的脚步中更有坚定，因为在我们的身后，是已经强大的祖国！

马车忽然停下来，前面是红灯，只见陈河举枪般举起相机，对着路边玻璃橱窗里的马车侧影咔咔拍照，那里面真是一幅美丽得有些虚幻的影像。陈河转头说:"真正好的小说,就像这窗里的光和影,虚实不定却真实感人。"

跳下马车,再换上城里的绿色小巴士。因为是星期一,车上竟只有我们几个东方客,于是可以大声地用母语说笑,这世界上最动听的抑扬顿挫,说起来真是好过瘾,干脆不想下车,就随着巴士在城里一遍一遍地兜圈。转着转着,怎么感觉这小小的圣安东尼城开始变成了故乡里的风景?笑声里我改写着唐朝贾岛的那首诗:"客居得州二十霜,归心日夜忆咸阳。无端更渡大洋水,却望他乡是故乡。"

下了巴士不舍,跑去再登游船。小小的运河更是风情万种,看着看着又恍惚起来,以为是"桨声灯影里的秦淮河"呢!那飘香的楼台上分明是六朝的粉黛,风里面似乎听得到李香君裙裾玉佩的脆响。坐在一家灯笼高挂的中餐馆廊前,想象着夜半的钟声,月落了乌啼,手里是夜光杯,再折一支灞桥的柳,远方是阳关的长河落日……天哪,这异国的水乡唤起了我多少烟雨苍茫的怀想,多少铁马冰河的旧梦。

夕阳西下，树影在婆娑。盘坐在一池碧绿的水边，陈河忽然讲起他从前在温州城里开车的往事，陈谦更忆起她在广西边陲的蹉跎童年，惠雯则想起她河南老家无法忘怀的羊肉烩面，弄得我也咽着唾沫念叨着古城西安的"羊肉泡馍"。丰盛的晚餐是选了一家墨西哥餐厅，几大盘西班牙乳酪肉馅大饼，·时间风卷残云。站起身蹒跚迈步，却想起了哈佛燕京学社里的那副意味深长的对联："文明新旧能相益，心理东西本自同。"

当夜宿在皇冠酒店。去楼下买了酒，却无人买醉，手里举着酒杯，怎么感觉摇晃的并不是酒，而是千年酿就的汉字和汉语？一杯下去想起了司马迁，再一杯下去又想起李白，想起魏晋，还有民国……记得诗人北岛说汉字是他唯一的行李，小说家白先勇说汉字是他对中国的全部记忆。在我心里，汉字是载着我们走向世界的船，她告诉你从哪里来，将到哪里去。

远处的声息都灭了，人高马大的陈河，把自己深深地陷在椅子里，说他的这次南下是为了探访福克纳的故乡。这个曾经因为舍不得文学闯过鬼门关的男人，此刻最想要知道的是福克纳的那些绵延婉转、结构繁复的长句子背后究竟隐藏着一个怎样的灵魂。陈河摇了摇酒瓶，有点儿自言自语："老福克纳是在设计好了自己的文学殿堂之后，就按照自己内心的远景来创建一个庞大而复杂的小说王国，不再被潮流和局势的变化而改变自己。"

坐在床边的陈谦，躬下身，两手托住下巴，这个一直在关注海外女性命运的文学女子，此刻显然是又有了新的探索。她抬起头，甩了甩短发："咳，你们说说看，女人在婚姻里的坚守是不是要比娜拉的出走更为艰难？"哇，我第一个举手与她击掌。

一直摆弄着相机的胡仄佳站起身来，在屋里开始走动。从新西兰到澳大利亚，从中国的初恋到异国的婚姻，岁月在悄然间已经染白了她的许多黑发。她说起话来声音总是很低，但我们都听得很真切："写了这么多年海外的风景，到头来最想写的还是我的中国。"

　　"70后"惠雯倒是很安静，长长的头发落在棉布绣花的衣肩上。她喜欢乔伊斯、博尔赫斯、卡夫卡，尤其迷恋福楼拜的《包法利夫人》。只见她撩去额头上的碎发，露出清澈的眼睛，也不知道在问谁："哎，福楼拜能够在几百页之中，语脉、诗意从未间断，没有一丝飘忽、牵强、轻狂、疲惫，试问当今文坛又有谁能做到？"她的语落，我们半晌无话。

　　窗外的一盏盏灯渐渐都黑了，醒酒的茶水才刚刚喝出味道来。毫无倦意地躺在床上，微醺的恍惚中竟完全弄不清自己究竟是"旅人"还是"归人"。

　　静寂中，耳畔又回响起白天的马蹄声，想起了诗人郑愁予的那句名诗：

　　　　我达达的马蹄是美丽的错误

　　　　我不是归人

　　　　是个过客

"梦"在不远（代后记）

曾有人说："年纪越大，梦想越小。"其实不然，人的梦想是一点点积累起来的，随着生命的提升，梦想的空间将随着时空的扩展会越来越大。

说到"梦"，并不是自己睡梦中的那些幻影，真正的"梦"并不在夜里，却是在醒的时候，那是能够看见的梦，或者是将要看见的梦。所谓的好梦，其实是一种盼望，是我们头顶上照耀的光。

怎么都忘不掉，五岁那年，父母跑去大串联，小小的我被放逐到乡下，日落时躲在软软的麦秸堆里，闭眼想着远方的妈妈。夏天里的知了在黄昏的白杨树上撕破嗓门地鸣叫，叫醒了我的孤独和思念，也滋生了我的忍耐和盼望。

那样的日子，我竟做着一个白日梦：长大了要去远行，要去看外面的世界！

六岁时回到城里，又梦想着每个月能够多吃一口肉。掰着指头盼过年，盼着母亲去找猪头肉。好不容易等来了除夕，炉子上的猪头肉快熟了，母亲熬夜做的花布衫也放在了我的枕头旁边。

上学的日子，开始喜欢那方方的汉字，我的梦想又变成了语文老师那深情赞许的眼神。有一天，傻傻的我竟然问老师："什么时候，我的作文能够变成铅字呢？"真没想到，就在十三岁那年，语文老师真的举着一份报纸，大步向我走来："看，你的小说！在《西安日报》上！"

1977年的那个秋天，一双命运大手忽然把我送进了大学的考场。看着那一张张的考卷，不满十六岁的我拼命地揉着眼睛："这不是梦吧？"翌年开春，母亲送我到西北大学的门口，也是拼命地揉眼睛："女儿啊，你是不用下乡种地了！"

都说四年寒窗，哪里是"寒"？校园里天天

都是春潮。文学，好像就是那个时代人人悸动的梦想，这个狂热的青春之梦从此成了我一生的苦恋。

因为爱上了鲁迅，随导师南下，绍兴的大梦里除了大禹陵、《兰亭集》，更有秋瑾女士血色浪漫的启蒙梦想。在周家祠堂前的小运河上，一艘旧旧的乌篷船载着我，穿过一座座木的、石的小拱桥，驶向了鲁迅儿时的外婆家。那撑船的就是一个面色颇像闰土的青壮汉子，他缓缓地摇着橹，我仰卧在舱里，在水声里想象着童年的周树人穿过了看社戏的舞台，停泊在外婆家的屋后，拾级而上的他在霉干菜的农家香味里一步步走近了祥林嫂淘米的欢乐，在前院九斤老太的哀叹里，他终于懂得了阿Q骂城里人把葱切成丝的忧伤。

念着鲁迅的"拿来主义"，看眼前鸿雁骚动，世界的大门正在打开。跨进而立之年，再次想起了儿时那旷野上知了的鸣叫。我对母亲说："让我去外面看世界吧！离开你，是为了更好地爱你！"

　　那个冬天雪下得很大，北风中波音 747 冲上蓝天。泪眼再望长安，我是飞蛾扑火吗？从此家国如梦，而我，永远是大唐的女儿！

　　初到美国，不敢有梦，为了温饱，我曾端着自己包的冻饺子在烈日下叫卖，也曾在黑夜的暴雨中迷路不知所返。忽然有一天拿到了一份中文报纸，那梦想的灯在刹那间被点亮，一个声音在呼唤："写呀，苦难就是生活，体验就是财富，拿起笔就是作家！"半夜里我寻找纸笔喜极而泣：美妙的方块字哟，是你要来救我吗？

　　因为漂泊，懂得思念，懂得了崔颢的"日暮乡关何处是"，懂得了李白的"举头望明月"。他们若不远游，怎会有这样深刻的愁韵？古人尚明白"置身异乡"的丰富体验，谁能说，闯荡新大陆的暂且"苍凉"，不正是生命里最难忘的驿站？！

　　1998 年，我的第一部散文集《走天涯》几乎是与腹中的孩子一起孕育而成，其中的大多数篇章都是我在夜里打工回来后呕心写成。那些在流浪中睁眼看世界的早期故事，既是我跋涉途中的艰辛脚步，也是我写给母亲的他乡报告。原来啊，生命的脚步离故乡的堤岸越远，灵魂里的距离却是越来越近！

都说旅人爱梦，这梦就是"家"。白先勇说："家是有关中国的所有记忆。"对于他乡望月的我，"家"就是那个最初孕育了我身、塑造了我灵魂的地方，她是我的故园，更是我的读者。正是这个装载着读者的"家"，成为我无畏行走的生命之帆。多少次梦里醒来，是汉字在带我回"家"。

有梦真好，这个梦可以深到幽秘的心底，亦可以远到寰宇里的春秋。从《走天涯》到《"蜜月"巴黎》，再从《家住墨西哥湾》到《他乡望月》，漂泊的自由一直是伴随着眷恋的惆怅。北美大地，无论你是烽烟的战场，还是他乡的家园，"文缘""情缘"，都滋润着我松软饱满的心，托着一个执拗的灵魂，在水草茂盛的文学草原上徜徉。

文学，好似一个人的梦，其实是一个时代的梦。放眼望去，百万大军乘桴于海，一代"移

植"的生命，爆发出绚烂的才情。野火烧不尽
的海外华文文坛，先有孤啼在空山中回响，渐
涌出散兵四野，再后来涛声相会，鼓乐齐鸣，
遂有了21世纪海外华文文学的新潮海浪。

那是2005年秋天的纽约，树上的叶子红
得醉眼，来自北美的各路作家和学者纷纷飞向
曼哈顿，庆祝我们共同完成的《一代飞鸿》的
问世。春种秋收，生命的耕耘有了金色的景象。
一位台湾老作家，拍着我的肩膀，用力地说：
"在你们身上，寄托着北美华文文学的未来。"

什么是"梦"？"梦"就来自心理的成长。
我心里成长的那个梦，一个是中国人在世界上
扬眉吐气，一个是华语文学在全球开花结果！
所谓的文学之梦其实就是民族大梦的一部分。

前年春天，行走在太平洋铁路最险峻的内
华达山脉的脚下，我读到了一位华人的先辈写
给母亲大人的汉字家书。在这条造就了现代美
国的工业大动脉上，埋葬着多少华夏儿女的血
肉之躯。从早期的那些修铁路的苦力"猪仔"，
到21世纪初华人入境被拘留的"天使岛"，再到

冷战年代麦卡锡主义对华人的疯狂迫害，海外的中国人又何曾获得过自己的"尊严"？

喜看今朝，好莱坞的电影里不能没有东方人智慧的脸，华府西屋的小学人奖年年都有华夏儿女，电视频道中时时可见华裔节目主持人的清新面孔，交响乐团演奏的小提琴手是中国姑娘，舞台上跳芭蕾的是中国"王子"，老总统请客进的是中国城的"全聚德"。一位做教授的老同学描述他们在夏威夷开全美的高层学术会，来自中国的学子竟占了大半。戴着老花镜的英格兰裔老祖母，记忆里的中国人还是只会做"鸡炒饭"的大厨，可她大学里念书的孙子已经娶回了博士毕业的中国媳妇！

短短几十年啊，那曾经化不开的"乡愁"已不再是海外华人梦中的泪滴。在意大利威尼斯的水边，一位来自中国的富豪这样感叹："从没想过这辈子会有自己的汽车，自己的豪宅，还能调度着上千万元的资金！真不敢相信，这些梦想，能够这么快地实现！"

春江水暖，最先感受民族冷暖的首当是海

外的华人。只有倾听着来自祖国的春潮，漂泊的生命里才有了歌有了梦。正是神州大地的嗒嗒马蹄，为我们的笔带来了花香带来了风。

我爱梦，不是爱"做梦"，而是就生活在梦中。小的时候还不知道电视、冰箱长什么样，到如今，银鹰展翅带着我飞翔在亚洲、欧洲和美洲！多少心中的春秋大梦，转瞬间就照进了现实。我们真是最幸运的一代，因为我们离梦想最近！

2014年7月27日，加拿大温哥华近郊的一家小小咖啡厅，一位八旬的老者脸色红润，说出的话语却如春雷般穿透了殿堂："华文文坛大有机会在不久的将来成为全世界质量最大最可观的文坛！"他就是痖弦！我们与他举杯："期望那集纳百川、融合万汇的大行动之出现！"

遥望华文文学的大梦，既有传统作家的矢志坚守，又有年轻一代的飞跃崛起，如今更看见海内海外的交相辉映！好一个几代同堂、激励互补的热闹场面，共同铸就着21世纪这多重交响、多元共存的华文文坛。

夜里看电视，听见主持人问："你幸福了吗？"我真想告诉他：生活在世界上四分之一的人都在使用的语言里，想想那汉字的笔画那么美，声音那么动听，我的心就暖若春阳。无论未来的地球人科技的手段怎样发达，机器人也许能代替人类的智能，但最不能替代的就是我们的文学！

生命如船，梦想如帆。从儿时外婆家的枣树林，到今天的墨西哥海湾，人生的海上时而春光，时而风霜，但是梦想从未离开过我，如星月阳光，激励着我走更远的路。